천재 셰프 회귀하다 7

2024년 6월 13일 초판 1쇄 인쇄
2024년 6월 18일 초판 1쇄 발행

지은이 신사
발행인 김관영

기획 박경무 강민구 임동관 조익현 최시준 신정윤
책임편집 백승미
마케팅지원 유형일 장민정

발행처 (주)로크미디어
출판등록 2003년 3월 24일
주소 서울시 마포구 마포대로 45 일진빌딩 6층
Tel (02)3273-5135 **Fax** (02)3273-5134
홈페이지 rokmedia.com **E-mail** rokmedia@empas.com

ⓒ 신사, 2024

값 9,000원

ISBN 979-11-408-2151-8 (7권)
ISBN 979-11-408-2144-0 04810 (세트)

ROK
MEDIA
로크미디어

신사 현대 판타지 장편소설

천재셰프
회귀하다

7

Contents

사소한 오해 (2)

하늘의 별 따기보다 어렵다는 미슐랭 쓰리 스타는 전 세계로 따져도 100여 곳이 좀 넘는 수준이었다.

그렇기에 미슐랭에서 별 세 개를 받는다는 것은 쉽지 않은 일이었고, 많은 이들이 별을 받기 위해 노력했다.

항간에는 미슐랭의 평가원에 대한 속설이 떠돌기도 했다.

'미슐랭 평가원은 언제나 둘이 다니며, 여자와 함께 오기도 해.'

'와인은 반병만 주문하고, 생수를 달라고 하지.'

'정장을 입은 정중한 사람들이야.'

'바닥에 포크를 내려놓고 종업원이 알아차리는지 살펴, 소리 나지 않게 살짝 내려놓고 시험하지.'

파인다이닝에서 일하는 이들은 으레 떠도는 소문이라고 생각하면서도, 모두 그 말을 조금은 믿고 있었다.

도진의 테이블을 담당하는 서버인 팀도 그중 한 명이었다.

팀은 자신이 대단한 발견이라도 한 것처럼, 마냥 들떠 셰프에게 떠들어 댔다.

"진짜 확실하다니까요!"

팀은 자신이 본 것을 셰프에게 낱낱이 고했다.

"남자 손님은 완벽한 정장 차림에, 여자 손님도 드레스 코드를 맞췄고, 주문할 때 와인 반병이랑 생수를 달라고 했어요."

팀은 한껏 흥분해서 떠들어 댔다.

"게다가 태도도 정중하고, 결정적으로 포크를 떨어트린 걸 제가 발견해서 재빠르게 새로 가져다드렸거든요. 이 정도 면 정말 미슐랭이지 않을까요? 네?"

자신이 맡은 테이블이 정말 미슐랭이면 어떡하냐며 호들 갑을 떠는 팀의 모습에 셰프는 한숨을 푹 내쉬며 말했다.

"그들이 미슐랭이고, 정말 만족했다면 내년 봄에 우리의 별이 몇 개인지 알 수 있겠지. 넌 그런 쓸머리 없는 일 신경 쓰지 말고 빨리 이거나 내가도록 해."

단호한 셰프의 말에 팀의 얼굴에는 서운함이 가득 차올랐다.

그가 이렇게 다급하게 셰프에게 이 사실을 알린 것은 모두

이 '르 베르나르댕'이 좋은 평가를 받았으면 하는 마음에서였기 때문이다.

'그래도 혹시 모르니까 조금이라도 신경을 써서 나가면 좋을 텐데.'

한 소리를 들은 팀은 미적거리며 주방을 나섰다.

팀은 전혀 눈치채지 못했다.

테이블에 나갈 접시를 마지막으로 확인하던 셰프의 손끝이 미세하게 떨리고 있다는 것을.

'정말 미슐랭인가?'

사실 팀의 말을 듣자마자 셰프는 움찔하며 놀랐지만, 티를 내지는 않았다.

만약 그 테이블이 정말 미슐랭이더라도, 그 이상의 서비스는 없었다.

모든 손님을 정중하게, 똑같이 대한다는 것이 셰프의 철칙이었고, 그가 이렇게 오랜 시간 동안 뉴욕에서 한 자리를 지킬 수 있는 이유였다.

하지만 그렇게 생각하면서도 그 역시 인간이었다.

셰프는 주방으로 되돌아온 팀이 가지고 온 접시를 유심히 바라보며 물었다.

"이 접시 어디 거야?"

"그 미슐, 아니, 9번 테이블이요."

황급히 말을 바꾸는 팀이었지만, 셰프는 똑똑히 들었다.

9번 테이블의 미슐랭 평가원.

셰프는 다시 한번 팀이 가지고 온 접시를 바라보았다.

깨끗이 비워진 접시를 확인한 셰프는 다음 디시를 가지고 가려던 팀의 손을 제지했다.

"잠깐."

그러고는 위에 올려진 허브를 핀셋으로 다시금 위치를 잡아 올린 뒤.

팀의 앞으로 밀며 말했다.

"9번, 가져가도록."

여전히 셰프는 무표정으로 무뚝뚝하게 말했지만, 팀은 어쩐지 방금 전과는 조금 다른 듯한 셰프의 모습에 고개를 갸웃하며 접시를 들었다.

혹여라도 손자국이 날까 하는 마음에 조심스레 접시를 든 팀은, 깔끔한 동작으로 도진의 테이블을 향해 걸어갔다.

셰프는 잠시 주방에서 나와 그가 향하는 테이블을 먼발치에서 지켜보았다.

주방에서는 어떤 오해가 일어나고 있는지 전혀 알지 못한 도진은 그저 미슐랭 쓰리 스타의 서비스에 감탄하며 식사를 이어 가고 있었다.

천재셰프
회귀하다

'포크 떨어트리자마자 바로 가져다줄 줄이야, 이 정도는 돼야 쓰리 스타를 달 수 있는 걸까.'

그저 도진의 테이블이 미슐랭 평가원이라고 오해한 홀 서버의 친절이었지만.

그 사실을 알 리 없었던 도진은 적당한 크기로 자른 서대기 구이를 입안에 넣고 음미했다.

'조금 짠 것 같긴 한데, 고소한 맛이 같이 올라와서 짠맛이 부담스럽게 느껴지지 않는걸.'

나이프로 누르기만 해도 잘릴 만큼 부드러운 생선에 감탄하던 도진이 이랑을 향해 물었다.

"그런데, 원래 미국은 간이 이렇게 짜요?"

도진의 말에 이랑이 잠시 생각하다 고개를 끄덕이며 대답했다.

"네가 먹기에는 그럴 수 있겠다. 확실히 한국에 비해 미국이 간이 더 세기는 하지."

지역적인 특성을 무시할 수는 없다며 말한 이랑은 그래도 이 정도면 간이 아주 강한 것은 아니라고 말했다.

도진도 아침에 먹었던 맥 앤 치즈와 햄버그스테이크를 생각하며 납득한 듯 고개를 끄덕이고는 식사를 이어 갔다.

네 번째 코스로는 거의 익히지 않은 페로 섬의 연어가 나왔다.

약간 오목한 접시 가운데에 올려진 연어 위에는 허브가 올려져 있었고.

홀 서버는 설명과 함께 반투명한 갈색빛의 블랙 트러플 *
포토푀(*pot–au–feu:소고기, 채소, 부케 가르니를 물에 넣고 약한 불에 장시
간 고아서 만든 프랑스식 스튜)를 부은 뒤.

그 위로 불투명한 회색의 트러플 소스를 부어 주었다.

깔끔하게 서비스를 마친 서버는 자신의 할 일을 마치자 자
리를 벗어났다.

도진은 새로운 요리에 들뜬 마음으로 포크와 나이프를 들
었고.

이내 입에 넣자마자 퍼지는 트러플 소스의 향에 저도 모르
게 감탄을 내뱉었다.

"와."

"이거 진짜…….."

그리고 눈이 마주친 이랑 또한, 같은 생각을 한 듯한 모습
에 두 사람은 웃음을 터트렸다.

각각 뿌려 준 트러플 포토푀와 소스가 입안에서 잘 어우러
지는 것은 물론이고, 넣자마자 으스러지는 연어의 식감은 그
야말로 녹는다는 표현이 적절한 듯했다.

도진은 접시를 깔끔하게 비운 뒤에도 입안에서 느껴지는
소스의 맛에 여운을 느꼈다.

마지막으로 나온 디시 메뉴인 레드 와인 소스를 곁들인 구
운 은고등어와 와규도 훌륭했다.

보통이었다면 와규에 손이 더 많이 갔을 테지만 약간은 바싹하게 구운 은고등어의 식감은 가히 훌륭했다.

깔라만시 커스터드 크림을 곁들인 코코넛 셔벗과 마지막으로 따뜻한 초콜릿 퐁당까지 모두 맛본 도진은 터질 것 같은 배를 두드릴 수밖에 없었다.

"생각보다 양이 많네요."

"그거야, 네가 중간에 계속 빵을 리필해서 같이 먹었으니까 그렇지!"

"하지만, 소스가 너무 맛있었는걸요."

이랑의 말에 머쓱하게 웃은 도진은 마지막으로 나온 쁘띠 프루와 함께 차를 곁들이며, 드디어 이랑과 천천히 대화를 나누기 시작했다.

마지막으로 봤던 것이 도진이 '손 수'를 오픈할 당시였으니, 거의 일 년 만에 본 것이나 다름없는 것이었기에 두 사람은 할 말이 많았다.

서로의 근황에 대해서는 물론이고, 도진의 경우 특히 업장의 표절 사건으로 인해 세간을 떠들썩하게 만들었기 때문에, 이랑은 더욱 궁금한 것이 많았다.

"그래서, 소송했던 건은 다 마무리하고 미국으로 온 거야?"

"그럼요, 당연하죠. 완벽하게 정리했습니다."

"근데 미국에서 스타쥬를 할 정도면 오래 머물 예정인 거지? 가게는 어떻게 하고?"

이랑의 순수한 질문에 도진은 그제야 자신이 많은 것을 설명해야 한다는 것을 깨달았다.

"사실, 가게는 은준이 형한테 완전히 넘겼어요."

"뭐? 왜!"

"아직 좀 부족한 것 같아서요. 스타쥬를 하려는 것도 그래서 그런 거예요."

도진의 말에 이랑은 이해할 수 없다는 듯한 표정을 지었다.

"도진이 네가 경험이 부족하다고 해도 실력은 충분하잖아. 그런데 왜?"

이랑은 도진의 경험이 부족하다는 것을 콕 집어 얘기했지만, 사실 반은 맞고 반은 틀린 말이었다.

전생의 경험까지 치면 도진의 경험은 결코 적지 않았다. 하지만 그것은 모두 프랑스에 국한되어 있는 경험이었다.

도진은 프랑스와 한국을 제외하고도 좀 더 넓은 세상에서 더 많은, 다양한 경험을 쌓고 싶었다.

그래서 미국행을 결정한 것이기도 했다.

이랑의 의문에 어떻게 대답해야 할지 고민하던 도진은 자세히 얘기할 수 없어 결국 얼버무리는 것을 택했다.

"이참에 여행도 하고 좀 쉬는 거죠, 뭐."

"그런 애가 스타쥬를 구해? 말도 안 되는 소리. 그래서 어디서 스타쥬를 할지는 결정했어?"

김샌다는 표정으로 묻는 이랑의 말에 도진이 머뭇거리며 대답했다.

"사실 아직 못 구했어요. 여기저기 이력서는 넣고 있는데, 잘 안 구해지네요."

"너 또 이런 쓰리 스타에 지원했지? 이런 데는 무급으로도 일하고 싶어 하는 사람이 넘쳐서 힘들 거야. 너만 괜찮으면 내가 예전에 일했던……."

이랑은 자신이 일했던 가게도 소개해 주겠다며 기어코 도진에게서 이력서 한 장을 받아 갔다.

그런 이랑이 고마웠던 도진은 함께 식사해 준 것도 고맙다는 의미로 계산하려고 했지만.

"너 지금은 백수잖아. 이런 건 돈 버는 사람이 사는 거야."

지갑이 두둑했던 이랑에게 그마저도 저지당하고 말았다.

계산을 끝내고 영수증을 챙겨 나가려던 이랑은 앞서 나가려던 도진을 향해 물었다.

"근데, 혹시 여기에도 이력서 넣었어?"

"메일로 넣기는 했는데……."

"혹시 모르니까 그냥 지금 홀 매니저한테 한 장 주고 가. 이렇게 하는 게 더 연락이 올 가능성이 있을 수도 있어."

이랑의 말에 나가려던 도진은 가방에서 주섬주섬 이력서를 한 장 꺼냈고. 이내 다른 손님을 안내한 뒤 다시금 프런트로 돌아온 홀 매니저에게 말했다.

"혹시 실례가 되지 않는다면 셰프에게 이걸 좀 전해 줄 수 있나요?"

홀 매니저는 도진이 건넨 종이를 확인하고는 짐짓 놀란 티를 숨기며 흔쾌히 대답했다.

"물론이죠. 꼭 전해 드릴게요."

도진의 일행이 떠난 뒤.

홀 서버는 콧노래를 흥얼거리며 주방으로 들어섰다.

누가 봐도 신나 보이는 게 재미있는 일이라도 있는 사람처럼 보였다.

그리고 이내 자신이 찾던 이를 발견한 홀 매니저는 의미심장한 미소를 띠며 입을 열었다.

"어이, 팀, 너한테 9번이 뭐라고 얘기했지?"

그릇을 치워 주방으로 가지고 온 뒤, 다시금 홀로 나가려던 홀 서버 팀은 그런 매니저의 질문에 당황하며 대답했다.

"어, 미슐랭 평가원이요?"

"맞지. 이건 그 테이블 남자 손님이 주신 건데, 셰프님께 꼭 전해 달라고 하더군."

"네? 그게 무슨……."

"그러니까 네가 책임지고 꼭 전하도록."

홀 매니저는 팀에게 종이 한 장을 건네고는 다시금 콧노래를 부르며 홀로 되돌아갔다.

팀은 도무지 영문을 알 수 없는 상황에 당황한 채 매니저가 건넨 종이를 펼쳐 보았고.

이내 그가 왜 그렇게 신나 있었는지 이해할 수 있었다.

반으로 접혀 있던 종이 안에는 익숙한 형태의 양식이 있었다.

사진과 이름, 거주지와 전화번호.

그리고 자신의 경력까지.

누가 봐도 이것은 누군가의 이력서였다.

상황을 이해할 수 없었던 팀은 좀 더 자세히 이력서의 사진을 확인하고는 순식간에 얼굴을 붉혔다.

사진 속에는 조금 전까지만 해도 팀이 미슐랭 평가원이라고 확신했던 도진이 은은한 미소를 짓고 있었다.

"맙소사."

팀의 완벽한 헛다리였다.

식사를 끝마친 도진은 길을 걸으며 이랑과 가볍게 얘기를 나눴다.

"이제 다시 숙소 구하러 가는 거야?"

"그래야죠. 아무리 그래도 호스트랑 같이 지내는 집은 좀 그렇잖아요."

도진은 아예 모르는 사람과 함께 지내야 한다는 생각에 불편한 감정이 앞섰지만, 그 얘기를 듣던 이랑은 생각보다 나쁘지 않은 반응을 보였다.

"하지만, 그렇게 친해져서 인연이 될 수도 있잖아? 이렇게 완전한 타지에서 현지인이랑 친해지면 이런저런 도움도 받을 수도 있고. 나는 생각보다 나쁘지 않을지도 모른다고 생각해."

의외로 호의적인 반응을 보이던 이랑은 마지막으로 한마디를 덧붙였다.

"물론, 그 호스트가 좋은 사람이라는 전제하에 할 수 있는 얘기지만!"

이랑은 혹시 모르니 자신이 그 호스트를 한번 봐 주겠다며 얘기했지만, 도진은 오랜만에 휴가를 내고 아버지와의 시간을 보내러 온 이랑의 시간을 빼앗고 싶지 않았다.

"정 도움이 필요하면 말할게요. 그러니까 걱정하지 마세요."

도진은 이랑의 호의에 고맙다는 인사와 함께 그녀의 걱정을 일단락시켰다.

이랑은 그런 도진의 말이 못마땅하다는 듯한 표정을 지었

천재셰프
화귀하다

지만, 한 치의 양보도 없을 것 같은 도진의 모습에 결국 백기를 들 수밖에 없었다.

"알겠어. 그렇다면 어쩔 수 없지. 그럼 난 먼저 가 볼게."

이랑은 먼저 잡아 두었던 약속으로 인해 자리를 떠나면서도 몇 번이고 '도움이 필요하면 꼭 연락해'라며 말했고, 도진은 그런 이랑의 모습에 결국 웃음을 터트렸다.

이랑과 헤어진 뒤, 도진은 무거운 발걸음을 옮겨 다시금 숙소를 구하기·위해 애썼지만, 모두 루카스의 집보다는 조건이 좋지 않았다.

저렴한 가격에 혹해 보러 간 숙소는 너무 낡아서 삐걱대거나 위생상 좋아 보이지 않았다.

그렇다고 좀 괜찮아 보이는 숙소를 찾아가니 말도 안 되는 가격이 도진을 반기고 있었다.

가격과 방의 상태 모두 만족하는 숙소는 중간중간 예약이 있어 도진이 원하는 만큼의 기간을 머물지 못하고 결국 다른 숙소를 찾아볼 수밖에 없었다.

그쯤 되자 결국 도진은 한숨을 쉴 수밖에 없었다.

도진이 정말 그저 편하기만 한 숙소를 원했다면 호텔을 예약했으면 됐을 일이었다.

하지만 그러지 않은 건, 호텔 내에서는 취식이 불가능하다는 이유 때문이었다.

숙소의 주방을 쓸 수 있어야 하는 것은 그저 여행을 온 것이 아닌, 이곳에 머물며 다양한 요리를 접하고자 했던 도진이 가장 중요하게 생각했던 조건 중 하나였다.

레스토랑에서 맛보고 느낀 것을 숙소에서 직접 재현해 낸다거나, 만들어 보고자 하는 레시피가 있으면 곧장 시도해 보기 위한 이유였다.

그런 의미에서 루카스의 집은 정말 나쁘지 않은 숙소였다.

그의 집은 아늑했고 바쁘고 정신없는 뉴욕에서 고요한 정취가 있었다.

주방도 작고 아담했지만, 있을 건 다 있었고 무엇보다 루카스가 요리하는 사람이라 그런지 어지간한 조미료들은 물론 조리 도구들까지 갖춰져 있었다.

게다가 오래 머물 수 있다는 것 또한 큰 장점이 되는 것은 물론이었다.

'정말 그냥 루카스의 집에서 지내는 방법뿐인가?'

결국 돌고 돌아, 같은 결론에 다다른 도진은 깊어지는 고민에 한숨을 푹 내쉬며 다시금 루카스의 집으로 향할 수밖에 없었다.

　

한편, 도진이 주고 간 이력서는 '르 베르나르댕'의 홀 서버 팀에게는 일생일대의 고민이 되었다.

'이걸 어떻게 해야……'

팀은 지금껏 자신이 사람 보는 눈이 있다고 생각했다.

그렇기에 분명 도진은 요리의 맛을 좀 아는 사람이 분명하다고 생각했다.

도진의 테이블을 담당하면서 그의 테이블에 갈 때면 귀를 쫑긋하며 그들의 대화를 들었을 때.

누가 들어도 요리에 대한 수준 높은 대화를 나누고 있었음이 분명했기 때문이다.

하지만 그 이유가 설마하니 그가 '요리사'였기 때문이라니.

심지어 이곳에서 *꼬미(*commis:주방 보조)나, *스타지(*Stagiare: 대게 요리 전공 학생 또는 요리를 배우고자 하는 사람이 주방 경험을 얻기 위해 일하는 것)로 일하고 싶다고 지원하기 위해 이력서를 주고 가다니.

이런 이력서야 고명한 '르 베르나르댕'에는 허다하게 들어왔고, 실제로 이렇게 직접 이력서를 건네주어 이곳에서 일하게 되는 이들도 없지는 않았지만.

다만 이렇게 이력서를 주고 가는 이를 미슐랭의 평가원이라고 착각한 경우는 이번이 처음이라고 단언할 수 있었다.

이런 일이 이전에도 있었다면 분명 두고두고 그런 오해를 한 사람은 이곳에서 일하는 내내 놀림거리가 될 게 분명했기 때문이다.

'분명 확실했는데.'

팀은 자신이 본 도진의 모습이 말로만 들었던 미슐랭 평가원의 모습과 일치했다고 생각했다.

그도 그럴 것이.

'르 베르나르댕'에 방문한 도진의 모습은 깔끔한 정장 차림에 함께 온 이는 비록 여자였지만 그녀도 마찬가지로 드레스 코드를 맞춰 입고 왔었다.

그리고 주문은 코스로 하되 와인 반병에 생수, 그리고 떨어트린 포크까지.

그 모든 정황이 완벽하게 도진을 미슐랭 평가원이라고 말하고 있었다.

'그런데 설마 아닐 줄은 몰랐지.'

한숨을 푹 내쉰 팀은 잠시 고민하다가 결국 문제를 직면하기로 했다.

아무리 머리를 얼싸안고 고민하고 있다고 한들 이미 내뱉은 말은 주워 담을 수 없었다.

팀은 손에 쥔 이력서를 가지런히 접어 다시 봉투에 넣고는 셰프의 사무실로 향하며 생각했다.

'만약 이 사람이 뽑히기라도 한다면……'

자신은 홀 지배인인 조셉에게 한평생 놀림 받을 게 분명했다.

팀은 생각하기도 싫은 것을 떠올린 사람처럼 몸서리쳤지

만, 그의 발걸음은 착실하게 사무실로 향하고 있었다.

주방에서 생긴 수많은 금언 중에서도 보다 그럴듯한 말 중에 '요리사는 그가 만든 마지막 요리를 보면 알 수 있다'는 말이 있다.

마지막으로 만든 요리가 첫 요리만큼의 품질을 보장할 수 없다면 저녁 내내 잘 해냈어도 소용없다는 듯이다.

'르 베르나르댕'의 수 셰프는 막 만든 요리를 살펴보며 셰프가 자리를 비운 주방에서 자신이 혼자서도 잘 해내고 있다는 사실에 안도감을 느꼈다.

완벽한 생선 요리.

접시에 담긴 모습도 위풍당당했다.

이번 요리는 손님이 기다려 준 가치가 있을 만큼 훌륭했다.

"서비스!"

그가 외치자 백 웨이터들이 황급히 들어와 접시를 가지고 나갔다.

멀어져 가는 요리를 바라보며 상의 맨 윗단추를 푼 그는 잠시 숨을 몰아쉬고는 말했다.

"거의 끝난 것 같긴 한데, 확인하고 올 테니 아무것도 치워 두지 마. 가서 보고 올 테니까."

마지막 주문이 들어왔는지 확인해 보기 위해 문으로 터벅터벅 걸어가 홀로 나갔다.

홀의 분위기는 낯설었다.

램프와 양초로 불을 밝힌 홀은 형광 불빛이 가득한 주방과는 날카로운 대조를 이루고 있었다.

주방과는 다른 불빛에 눈을 적응시켜야만 했다.

'이건 언제나 적응되지 않는군.'

마침내 눈이 밝아지자 홀이 눈에 들어온 그는 전체적으로 홀을 한번 둘러보았다.

남아 있는 손님은 많지 않았다.

대부분의 손님들이 두 명씩 앉아 있었고, 여기저기 앉아 있는 커플들은 서로 친밀하게 대화를 나누고 있었다.

멀리 보이는 테이블엔 체격 좋은 남자들 네 명이 아무렇게나 앉아 스테이크를 썰고 있었다.

제법 격식을 차리려고 했으나, 그들의 움직임에선 어색함이 가득 묻어나 있었다.

하지만 그는 저런 유형의 손님들을 퍽 좋아하는 편이었다.

그도 그럴 것이, 저런 손님들의 경우 접시가 되돌아왔을 때 마치 설거지라도 한 듯 깨끗했기 때문이다.

누가 뭐라 해도 자신이 만든 요리를 맛있게 먹어 주는 손님들은 언제나 환영이었다.

사람들의 얼굴에는 나름의 평온함이 깃들어 있었다.

우리가 제공해 준 것들 덕분에 저 사람들이 행복해하고 있다는 생각을 하니 즐거워진 수 셰프는 언제 피곤했냐는 듯 미소를 머금고 잠시 그들을 바라보았다.

그러고는 이내 바 옆에 서 있던 홀 지배인 조셉에게 다가갔다.

홀에서의 그의 모습을 보니 주방의 거친 불빛 속에서는 보이지 않았던 태연함이 묻어 있다.

자세는 곧고 훌륭하며 표정은 침착하고 태연했다.

언제나 장난기 가득한 그가 기품 있는 모습을 하고 있는 것이 어색했던 수 셰프는 그에게 낮고 작은 목소리로 속삭였다.

"자, 조셉, 이제 마감해도 되겠어?"

"아뇨, 하나 더 들어올 것 같아요."

"지금 시간이 몇 시인데, 주방은 10분 전에 마감이었어."

조셉이 난감한 표정으로 말했다.

"마커스의 손님이에요."

그가 가리킨 손끝을 따라가자 마커스와 여자애 둘이 바 끝에 깔깔거리며 앉아 있었다.

마커스는 헤드 셰프의 아들이었다.

워낙에 어릴 때부터 보아 왔던 그는 이제 자신의 조카같이 느껴지기도 했다.

'저 녀석이 언제 저렇게 커서는……'

자신이 바라보고 있다는 것을 눈치챈 마커스가 자신을 바라보며 잠시 놀란 듯하다가 눈을 '찡긋' 하며 여자애들의 눈을 피해 두 손을 모으고 부탁하는 포즈를 취했다.

어쩔 수 없이 고개를 끄덕인 수 셰프는 조셉에게 '저게 마지막 주문이야.'라며 신신당부했다.

내일이 쉬는 날이었으므로 이미 재료들을 거의 다 소진했기 때문이다.

이내 주방으로 돌아온 그는 마지막 주문을 전달하고는 사무실로 향했다.

지친 수 셰프의 완벽한 은신처이자 도피처였다.

마지막 주문은 언제나 별것 없었기 때문에 가능한 일이었다.

10분 뒤, 음식이 나가고 나면 모든 요리사들이 주방 청소를 시작할 것이었다.

길쭉한 검은색 카펫을 걷어 종일 들러붙은 찌꺼기들을 털어 내고, 각자의 쓰레기통을 분리한 후 무거운 검은 봉지를 꽁꽁 묶어 하역장에 있는 쓰레기장에 내다 버리며.

모든 오븐은 세척 과정을 거치고 밤새 숙성이 필요한 작업들도 세팅을 해 준다. 그러고 나서 청소를 하고, 장비를 박박 닦아 내고, 대걸레를 밀고, 스테인리스는 광이 나도록 닦는다.

천재셰프
회귀하다

그렇게 20분이 지나면 주방은 아무 일도 없었다는 듯 다시 청결해질 것이었다.

그러고 나면 요리사들은 옷을 갈아입고 다음 날을 위해 회의를 할 터였다.

수 셰프는 그 시간이 오기 전까지.

아주 잠깐.

30분의 달콤한 휴식을 위해 자신의 은신처로 도망친 것이었다.

'오늘 고생했으니까, 이 정도는 괜찮지.'

하지만 이조차 마음대로 되지 않았으니.

조용한 적막이 흐르는 사무실의 문을 두드리는 소리 때문이었다.

똑똑−.

무시하려 했지만 한 번 더 들려오는 노크 소리에 어쩔 수 없이 한숨을 푹 내쉰 그는 결국 '들어오세요.'라며 노크를 한 이를 불러들였다.

"저, 셰프님."

사무실에 들어선 이는 의외의 인물이었다.

"팀? 여긴 웬일이야?"

수 셰프는 조금 긴장한 채 그를 맞이했다.

이렇게 조용한 시간대에 자신을 찾아왔다는 것은 무언가 중요한 것을 말하기 위함이 대부분이었기 때문이다.

예를 들자면.

'관두겠다는 말이라든가…….'

가뜩이나 손에 흰 봉투를 쥔 그의 모습에 수 셰프는 자신의 생각이 맞을지도 모른다는 생각이 확고해지기 시작했다.

그런 수 셰프의 생각을 아는지 모르는지, 팀은 잠시 머뭇거리더니 이내 고개를 들고 수 셰프를 똑바로 바라보며 말했다.

"수 셰프, 드릴 말씀이 있는데요."

수 셰프 스테판은 그 말에 올 것이 왔다고 생각했다.

'무슨 문제가 있었던 건가?'

홀 서버 중 가장 늦게 들어온 막내 팀은 전체를 통틀어도 가장 어렸다. 하지만 벌써 근무한 지 1년이 넘어가고 있는 그는 일을 잘했고 놓치기 아까운 인재였다.

아니, 사실.

솔직히 말하자면 새로운 사람을 뽑아 다시 처음부터 가르치는 것이 여간 번거로운 일이 아니었기 때문이었다.

특히 홀의 경우 손님을 직접적으로 마주하는 일이기 때문에 좀 더 많은 공을 들여 교육을 했다.

'그 교육을 담당하는 게 내가 아니라서 정말 다행이지.'

홀의 일은 전반적으로 홀 지배인 조셉이 맡아서 처리했다.

만약 팀이 관두더라도 자신보단 조셉이 더 일이 많아질 뿐이라는 뜻이었다.

잠깐 사이에 오만 가지 생각이 스쳐 지나간 그는 머뭇거리며 말을 꺼내지 못하는 그를 보며 태연하게 물었다.

"무슨 할 말이 있어서 들어온 거 아니야?"

"맞아요. 그 사실……."

말을 꺼낼 기회를 줬음에도 쉽게 입을 열지 못하던 그는 한참을 머뭇거리다가 눈을 질끈 감고 소리쳤다.

"죄송합니다!"

갑작스러운 사과에 놀란 수 셰프가 눈을 크게 뜨며 팀에게 되물었다.

"아니, 갑자기? 뭐가 죄송한데?"

그러자 팀은 자신의 손에 쥐고 있던 봉투를 그에게 넘겨주며 말했다.

"사실 아까 제가 미슐랭이라고 확신했던 테이블 말이에요. 전혀 아니었어요."

어깨를 축 늘어트리며 '제가 오해해서 괜히 수 셰프님이 신경 쓰셨을 것 같아서요.'라고 말하는 팀의 모습을 뒤로한 채.

수 셰프는 그가 건넨 봉투를 열어 그 안에 든 종이를 꺼내 펼쳐 들었다.

어딘가 익숙한 양식.

그러니까, 이력서였다.

<hr/>

잔뜩 긴장한 채 말하는 팀을 진정시킨 뒤 돌려보낸 수셰프는 그제야 책상에 올려놓은 이력서를 찬찬히 볼 수 있었다.

'어디 보자.'

이름 김도진, 나이는 이제 막 성년, 국적은 대한민국에 고등학교 중퇴.

여기까지는 다른 이력서들과 별반 다를 게 없었다.

'고등학교 중퇴라면, 일찍부터 주방에서 일을 한 건가?'

보통 이런 이력서를 가지고 오는 이들은 대부분 공부에는 뜻이 없었기에 어릴 때부터 요리를 시작한 이들이 많았다.

조금 특이한 점이라고 한다면, 저 먼바다 건너에서 왔다는 것 정도.

'여기까지 올 생각을 하다니, 열정이 대단한 친구인가 보군.'

꼬미든 스타쥬든 상관없으니 이곳에서 일할 수만 있으면 좋겠다며 짧게 적힌 글에 고개를 끄덕인 스테판은 이력서에 적힌 도진의 인적 사항에 무언가 이상한 점을 느낄 수밖에 없었다.

'뭐야, 이 주소. 왜 이렇게 익숙하지?'

스테판은 도진의 이력서에 적혀 있는 주소가 왜인지 모르게 너무나 낯이 익었고.

한참 동안 미간을 찌푸리며 생각해 낸 끝에 떠올릴 수 있었다.

"루카스!"

저도 모르게 입 밖으로 소리를 내며 외친 스테판은 급히 직원들의 인적 사항이 적힌 서류를 찾아 루카스의 주소지를 확인했고.

이내 자신의 생각이 맞았다는 것을 확인한 그는 미소를 지을 수밖에 없었다.

'내가 이런 걸 기억하고 있을 줄이야. 역시 나는 섬세하단 말이야.'

직원들에 대한 것을 잘 기억하는 좋은 상사의 모습에 취한 스테판은 콧노래를 흥얼거리며 다시금 이력서를 집어 들었고.

이내 더욱 알 수 없는 표정이 되어 눈을 깜빡이며 이력서를 몇 번이고 다시금 확인했다.

'그러니까, 이게 정말 맞는 거라고?'

그도 그럴 것이.

도진의 이력서에 적혀 있는 경력이 도무지 이해되지 않았기 때문이다.

요리 대회 우승과 요리 서바이벌 프로그램 우승.

여기까지는 그럴 수 있다고 생각했다.

그런데 그 밑으로 이어진 레스토랑의 경력은 스테판의 고개를 갸웃하게 만들 수밖에 없었다.

'아틀리에 헤드 셰프, 그리고 가든 파티의 수 셰프. 거기에 손 수의 오너 셰프까지?'

스테판은 혹시라도 셰프라는 뜻이 한국에서는 그냥 요리사를 지칭하는 말인지 착각이 들 정도였다.

요리 서바이벌 우승 후 별다른 경력 없이 바로 헤드 셰프부터 시작했다는 것이 이해할 수 없었기 때문이다.

혹여라도 이력서에는 너무 말단이었을 때의 경력을 적지 않은 것인가 싶어 근무 기간을 대조해 보았지만, 경력 사항에 시간의 빈틈은 없었다.

<hr />

루카스는 오래 서 있느라 알이 배긴 종아리에, 퉁퉁 불어버린 발을 절뚝이며 로커 룸으로 향했다.

주변을 둘러보자 아침에 출근해 한밤이 되도록 서 있어야 했던 풀타임 근무자들도 별반 다르지 않은 모습이었다.

"하루가 너무 길어."

"그러니까 말이야."

투덜거리며 라인으로 나가 보니 일찌감치 옷을 갈아입고 나온 이들은 이미 메뉴 회의가 한창이었다.

워렌과 빈은 오전 프렙 쿡이 라임 주스를 얼마나 짜야 할지 뜨겁게 논쟁을 벌이고 있었다.

"아니라니까요. 한 *쿼트(*quart:야드파운드법에 의한 부피 단위. 미국에서 한 쿼트는 약 0.95리터에 해당한다.)는 너무 많아요."

"내 로우 보이에만 해도 한 쿼트가 있어. 박스에도 두 쿼트가 있고."

"그건 그렇죠. 하지만 그게 얼마나 오래된 건데요."

워렌의 주장에 빈이 반박했다.

"내가 쓸 건 맑고 맛있어야 해요. 무슨 말인지 모르겠어요? 당신 건 쓰기 싫다고요. 그 로우 보이에 든 건 얼마나 오래 보관했는지 지금쯤이면 화학반응을 아주 끝내주게 했을 거라고요."

빈정거리며 말하는 빈의 모습에 루카스는 그의 어깨를 두드리며 진정시켰다.

"자, 그러지 말고 다 같이 한잔하러 가자고. 비니도 기분 풀어, 오늘은 워렌이 쏘기로 했으니까."

루카스의 말에 비니는 입술을 샐쭉 내밀더니 이내 '이번만 봐주는 거예요.'라며 새침하게 몸을 돌려 뒷문으로 향했다.

그런 그의 모습에 웃음을 터트린 그들은 비니를 따라 뒷문으로 걸어갔다.

물론 루카스도 마찬가지였다.

그의 뒤에서 들리는 목소리만 아니었다면 말이다.

"어이, 루카스, 잠깐 이리 좀 와 봐."

자신을 부르는 소리에 뒤를 돌아본 루카스는 이내 목소리의 주인을 확인한 뒤 반쯤 문밖을 향해 있던 발을 다시금 안으로 들일 수밖에 없었다.

"수 셰프, 무슨 일이에요?"

몸을 돌려 자신에게 다가온 루카스에게 수 셰프는 종이를 내밀며 물었다.

"가물가물해서 그런데, 이거 너희 집 주소 아니야?"

영문을 알 수 없는 말에 눈을 동그랗게 뜬 루카스는 고개를 갸웃하며 그가 내민 종이를 받아 들었다.

"이게 뭔데 우리 집 주소가 적혀 있다는 말이……."

그러고는 이내 놀랄 수밖에 없었다.

"어……?"

그 종이 안에는 분명 오늘 아침에 본 익숙한 얼굴이 담겨 있었기 때문이다.

"도진?"

"뭐야, 역시 아는 사람이었어?"

어쩐지 익숙한 주소였다며 웃으며 자신의 어깨를 두드리는 수 셰프의 말에도 루카스는 자신이 본 게 맞는지 다시 한번 종이를 가까이 들어 확인하기 여념이 없었다.

그럼에도 수 셰프는 여전히 말을 이었다.

"아니, 이 친구가 우리 가게에 식사를 하러 왔는데 팀이 완전히 착각했지, 뭐야."

루카스가 한참 동안 이력서를 바라보며 자신이 아는 도진이 맞는지 확인하는 와중에도 수 셰프는 멈추지 않고 말을 덧붙이며 자신도 웃긴 듯 실없는 웃음을 지었다.

"미슐랭 평가원인 줄 알았다더군. 식사 끝나고 난 뒤에 이 종이를 주고 가면서 꼬미든 스타쥬든 일해 보고 싶다고……."

수 셰프의 말이 이어지는 와중에도 그에게 눈길 한번 주지 않던 루카스가 그 말에 놀라 고개를 들어 그를 바라보며 물었다.

"꼬미? 스타쥬? 그게 정말이에요?"

"뭐야, 자네도 아는 게 없나? 같이 사는 거 아니었어?"

"이 사람은 그냥 우리 집에 장기 숙박객이었을 뿐인걸요."

"응? 그게 무슨 말이야? 그리고 '이었다'니. 지금은 아니라는 말이야?"

루카스의 말에 수 셰프는 이해할 수 없다는 듯 고개를 갸웃거리며 물었지만, 뜻밖의 장소에서 도진에 대한 얘기를 듣게 된 루카스는 놀란 나머지 그의 말은 귓가에도 닿지 않았다.

루카스는 그저 멍하니 이력서에 붙어 있는 도진의 얼굴을 보며 생각했다.

'그냥 여행객인 줄 알았는데, 그게 아니었다니. 도대체 뭐 하는 사람이지?'

함께 술을 마시러 가기로 했던 이들은 일찌감치 멀어져 자기들끼리 한잔하고 있을 게 분명했다.

이미 그 자리에 끼긴 글렀던 루카스는 당장 궁금증을 해결하기로 마음먹었다.

'오늘 하루 더 머물 수 있냐고 물었으니, 집으로 가면 있겠지.'

그렇게 생각한 그는 다급히 수 셰프에게 인사를 하며 레스토랑을 박차고 나왔다.

"어이! 이력서는 주고 가야지!"

저 멀리서 들려오는 듯한 수 셰프의 목소리는 안중에도 없었다.

그리고 이내 도착한 집.

밖에서 확인한 창문은 불이 켜져 있었다.

분명 안에 도진이 있다는 뜻이었다.

다급히 집으로 뛰어 올라간 루카스는 문을 벌컥 열고는 가방을 채 내려놓기도 전에 도진에게 자신의 손에 들린 종이를 내밀며 물었다.

"이거! 이 이력서 뭐예요?"

다짜고짜 소리치듯 묻는 루카스의 말에 거실 소파에 앉아 있던 도진이 놀라 그를 바라보다 이내 그의 손에 들린 종이를 확인하고는 되물었다.

"그게 왜 루카스의 손에 들려 있어요?"

서로가 질문할 것이 많은 밤이 틀림없었다.

우연에 우연이 겹쳐

"그러니까, 루카스가 거기서 일한다고요?"

어쩌다 자신의 이력서를 가지고 오게 된 것인지에 대한 자초지종을 들은 도진은 놀랄 수밖에 없었다.

하고 많은 곳 중에 자신이 선택한 숙소가 '르 베르나르댕'에서 일하는 요리사의 집이라니.

놀란 것은 루카스도 마찬가지인 듯했다.

"그러니까 미국에 온 게 요리를 배우기 위해서라고요?"

설마 자신의 집에 게스트로 온 사람이 요리사라니, 심지어 그것도 자신이 일하는 '르 베르나르댕'에 이력서를 넣은.

루카스는 '이런 우연이 있을 수 있군요.'라고 중얼거렸다.

도진 또한 아침을 차려 주던 루카스를 떠올리며 그제야 그의 요리 실력에 대한 의문을 이해할 수 있었다.

"루카스가 그곳에서 일하고 있을 줄은 상상도 못 했어요. 어쩐지 아침에 만들어 준 맥 앤 치즈가 제가 아는 맛이랑 좀 다르게 질리지 않아서 입맛에 맞더라니. 루카스의 오리지널 레시피인가요?"

"어어, 아니, 맥 앤 치즈는 워낙 흔한 요리니까요. 사실 그 레시피는 저희 할머니가 자주 해 주시던 레시피예요. 느끼할 수 있는 맛을 라임을 넣어서……."

도진의 칭찬에 기분이 좋아진 루카스는 거실 소파에 앉아 본격적으로 아침 식사 메뉴에 관해 얘기를 나누다가 문득 궁금하다는 듯 물었다.

"그런데, 왜 미국이에요? 보통 요리를 배우고 싶다고 하면 유럽으로 많이 가곤 하잖아요. 그렇다고 도진이 CIA 요리 학교에 들어가려는 것도 아닌 것 같고."

날카로운 루카스의 질문에 도진은 잠시 어떻게 얘기해야 할지 고민했다.

보통 도진의 나이대에 요리하고 싶다고 하면 둘 중 하나였다.

다짜고짜 주방에서 일하기 시작하거나, 전문적인 요리 학교에 다니거나.

루카스가 말한 CIA 요리 학교는 일본의 츠지 조리사 전문 학교와 프랑스의 르 꼬르동 블루와 더불어 세계 3대 요리 학교라고 불리는 곳 중 한 곳이었다.

요리를 업으로 삼고 싶다고 생각하는 이들 중 미국으로 향하는 이들 중 다수는 이 CIA에 진학하고자 하는 이들이 많았다.

도진도 처음에 좀 더 많은 경험을 쌓고자 세상 밖으로 나올 생각을 했을 때, 요리 학교에 진학하는 것을 생각하지 않았던 것은 아니었다.

하지만, 요리 학교에 진학하게 되면 너무 오랜 시간이 걸렸다.

학교생활만으로 적어도 2년이었다.

그런데 이미 원서를 지원하는 기간마저 놓쳤으니, 그만큼 시간이 더 늘어났음은 두말할 필요 없는 상태였다.

게다가 이미 전생에 프랑스에서 10년 이상의 요리 경력이 있었던 도진에게는 너무 긴 과정이라는 생각이 들었다.

그렇기에 도진은 자신이 경험해 보았던 프랑스가 아닌 미국에서부터 세계를 돌며 직접 몸으로 부딪히며 다른 레스토랑들에서의 경험을 쌓을 생각이었다.

'하지만 이걸 사실대로 말할 수는 없으니……'

이제 고작 만 나이로 열여덟 살인 자신이 10년 이상의 요리 경력을 가지고 있다고 하면 이상하게 볼 게 분명했다.

도진은 잠시 고민하다 결국 가장 보편적인 대답을 하기로 결정했다.

"르 베르나르댕에서 일해 보고 싶었어요."

진실도 섞여 있으니 거짓을 말했다는 것에 대한 죄책감을 느낄 필요도 없었다.

빠르게 변화하는 뉴욕에서 무려 30년간 한자리를 지킬 수 있었던 '르 베르나르댕'.

도진은 과연 이곳이 어떻게 한 자리에서 그렇게 오랜 시간을 버틸 수 있었는지에 대한 비결과, 그렇게 장사가 잘되면 자리를 옮길 만도 한데 왜 옮기지 않은 것인지 궁금했다.

한편.

도진의 대답을 들은 루카스는 뿌듯한 듯 미소를 감추지 못했다.

누구라도 자신이 일하는 곳을 동경했다며 그곳에서 일해 보고 싶었다고 말하는 사람을 앞에 두면 그리될 수밖에 없는 노릇일 터였다.

"그렇다면야, 제가 인사권이 있는 건 아니지만 수 셰프에게 한번 잘 말해 줄게요."

루카스는 그렇게 말하며 그제야 자신이 얼결에 들고 온 도진의 이력서를 펼쳐 보았다.

처음 수 셰프에게 도진의 이력서를 받아 보았을 때는 사진과 이름 집 주소 등, 위쪽에 적혀 있는 개인 정보 칸밖에 보지 못했다.

그렇기에 다시금 천천히 이력서를 읽어 내리던 루카스는

경력 칸에 적힌 내용에 놀라 눈을 크게 뜨며 도진과 이력서를 번갈아 보다가 입을 열었다.

"도진, 이게 정말인가요? 헤드 셰프라니……."

믿을 수 없다는 듯한 표정으로 자신을 바라보는 루카스의 모습에 도진은 천천히 이야기를 시작했다.

되돌아온 시점부터 지금 도진이 이곳에 오기까지 있었던 일들.

도진은 고저 없는 목소리로 틈틈이 서바이벌 국민셰프, 청춘 셰프, 아틀리에의 다큐와 냉장고를 보여 줘 등 자신이 출연했던 방송을 보여 주며 이야기를 이어 나갔고.

처음 도진이 말을 시작할 때까지만 해도 소파에 등을 기대고 앉아 있었던 루카스는…….

이야기가 끝날 때쯤이 되자 어느새 한껏 몸을 앞으로 기울인 채였다.

"뭐 그래서 결국은 가게를 정리하고 이렇게 미국으로 오게 된 거예요."

도진의 말이 끝나자 잠시 심각한 표정으로 고민하던 루카스는 이내 조심스럽게 입을 열었다.

"그, 이런 경력에 실력으로 도대체 왜 스타쥬나 꼬미를 지원한 거예요?"

질문을 던진 루카스의 얼굴에는 의문이 가득했지만, 도진은 쉬운 질문이라는 듯 곧장 그의 물음에 대답했다.

"그거야, 그게 제일 빨리 주방으로 들어갈 방법이니까요."

도진의 대답을 들은 루카스는 정말 이해할 수 없다는 듯 혼자 중얼거렸다.

"도진은 정말 특이한 캐릭터인 것 같아요."

조리복으로 갈아입는 루카스의 눈 밑에는 짙은 다크서클이 내려앉아 있었다.

늦은 밤까지 도진과 대화를 나누다 해가 뜰 때쯤이 되어서야 잠든 터였다.

옆에서 옷을 갈아입던 워렌은 연신 하품을 쏟아 내는 루카스의 모습에 괜히 핀잔을 주었다.

"어제 술자리도 안 왔으면서, 왜 그렇게 피곤해하는 거야?"

그렇게 말하는 워렌도 피곤해 보이는 건 마찬가지였고, 그것은 곧 어제의 술자리가 퍽 즐거웠다는 뜻이기도 했다.

"나 없이 재미있었나 봐?"

루카스의 말에 웃음을 터트린 워렌이 고개를 끄덕였다.

"말도 마. 어제 비니 때문에 얼마나 웃었는지. 너도 왔으면 정말 재미있었을 텐데."

정말 아쉽다는 듯 말하는 워렌의 모습에 잠깐 후회가 일었

천재셰프
회귀하다

지만, 루카스는 이내 고개를 저으며 말했다.

"아니야, 나도 어제 충분히 재밌었으니까 됐어. 즐겁게 논 것 같아서 다행이야."

"뭐? 뭐 하느라 재미있었는데?"

분명 자신이 먼저 술자리를 제안해 놓고는 갈 때가 되어서 야 쏙 빠진 루카스가 즐거웠다고 말하는 모양새에 의아함을 느낀 워렌이 그를 졸졸 쫓아다니며 물었다.

"너, 어제 여자 만났어? 맞지? 그거지?"

하지만 전혀 대답해 줄 생각이 없었던 루카스는 그의 물음 을 뒤로한 채 옷매무새를 정리하고는 주방으로 향했다.

아직 이른 오전 시간이었기 때문에 주방에는 많은 인원이 있지 않았다.

기껏해야 프랩 쿡, 베이커, 접시닦이 한두 명 정도.

그래도 언제나 밝게 인사를 나누던 루카스는 모두에게 '좋 은 아침!'이라며 말한 뒤.

자신이 곧장 집으로 향하지 않았다면 어제 함께 술을 마 시게 되었을지도 모를 오전 프랩 쿡인 스즈키에게 말을 걸 었다.

"오늘 쌩쌩한 거 보니, 어제 일찍 빠졌나 봐요?"

"그럼요. 저는 다른 분들보다 일찍 출근해야 하잖아요."

아침 일찍 와서 오늘의 요리를 무사히 하기 위해 1차 적으 로 재료를 손질하고 육수 등을 준비해야 하는 프랩 쿡은 다른 요리사들보다 훨씬 더 이른 시간에 출근해야만 했다.

듬직하게 말하는 스즈키의 모습에 루카스는 '역시 스즈키!' 라고 말하며 미소를 지었다.

동양인치고는 큰 체구에 200리터짜리 솥에 송아지 정강이 살을 집어넣고 있는 그의 팔뚝은 누가 봐도 다부졌다.

십수 년 동안 무거운 증기솥과 틸트 스킬릿을 다루느라 굵어진 게 분명했다.

루카스는 그런 그의 모습을 보며 만약 도진이 이 주방에 선다면 어느 곳에 서는 게 가장 잘 어울릴지 가늠해 보았다.

누가 봐도 앳된 얼굴의 열여덟 살 소년.

작은 키는 아니었지만, 체구 자체가 그리 크지 않아 왜소해 보이는 감이 없지 않은 도진이 이곳에 있는 모습은 아무리 생각해 봐도 낯선 모습이었다.

하지만 그런 상상도 그리 길게 이어 가지는 못했다.

할 일이 많았기 때문이다.

오븐, 튀김기, 스토브, 후드 등 모든 장비의 전원이 켜져 있는지 확인하고 각 섹션에 살균한 양동이와 라텍스 장갑, 주방 모자, 프로브 등 위생 규약에 따라 준비한 물건들을 체크한 뒤.

후추 통이나 소금 통부터 아홉 개의 팬과 소분 통까지 각 스테이션에 필요한 기본적인 것들을 보충하며 오픈 후 차질이 없도록 준비를 해야만 했기 때문이다.

정신없이 준비를 하다 보니 어느새 주방은 북적이기 시작했다.

그리고 이내 10시 30분.

주방의 뒷문이 덜컹거리는 소리가 들려오자 모두가 귀를 연 채 하던 일을 이어 했다.

"안녕한가, 자네들!"

문이 열리고 얼마 뒤, 익숙하고 우렁찬 목소리가 들려왔다.

목소리의 주인공은 루카스가 그토록 애타게 기다리던 헤드 셰프인 브라이언이었다.

"오늘은 아주 좋은 소식이 있지."

그렇게 말한 브라이언은 핸드폰을 잠시 만지작거리더니 이내 말을 이었다.

"오늘 8시 30분에는 타임지에서 손님이 오기로 되어 있네. 그리고 현재 예약은 150명인데, 계속 늘고 있지. 아무래도 만석이 될 것 같군."

콧노래를 흥얼거리는 브라이언과는 다르게 다른 주방의 직원들은 조금 긴장한 듯 어깨를 굳히고 서서 그의 말을 듣고 있었다.

"자, 그럼 오늘도 힘내 보자고."

가벼운 브리핑을 마친 브라이언이 조리복으로 갈아입기 위해 사무실로 향했고.

루카스는 그 틈을 놓치지 않고 손질하던 생선을 워렌에게 부탁한 뒤 칼을 내려놓고 셰프를 따라갔다.

문 앞에서 잠시 호흡을 고른 그가 문을 두드리자, 이내 안에서 들어오라는 셰프의 목소리가 들려왔다.

브라이언은 거울을 보며 셔츠의 단추를 잠그고 깃을 정리하며 물었다.

"루카스? 무슨 일이야?"

여전히 시선조차 주지 않은 채 옷매무새를 만지기에 여념이 없는 그의 모습에 조금은 긴장을 던 루카스가 입을 열었다.

"셰프, 혹시 어제 수 셰프에게 이력서 얘기 들으셨나요?"

브라이언은 잠시 미간을 찌푸리더니 드디어 생각났다는 듯 말했다.

"그 미슐랭 평가원이라고 착각했던 그 친구?"

"네. 맞아요."

"정말, 아무리 생각해도 어이가 없어. 팀이 일은 잘하는데 가만 보면 정말 엉뚱하다니까."

웃음을 터트리는 브라이언의 모습을 놓치지 않은 루카스가 기회를 놓치지 않고 입을 열었다.

"그 친구가 지금 저희 집에 게스트로 와 있거든요. 그래서 주소에 저희 집 주소가 적혀 있었던 건데…….."

루카스는 어제 도진에게 들었던 애기들을 브라이언에게 전달했다.

하지만 전혀 감흥이 없다는 듯 자신을 쳐다보지도 않는 브라이언의 모습에 초조함을 느낀 루카스는 자신의 도진의 대변인이라도 된 것처럼 좀 더 도진을 어필할 말이 없는지 찾기 위해 애쓰며 말을 이어 갔다.

그런 루카스의 초조함을 느낀 것일까.

브라이언은 이내 완벽한 모습을 한 채 루카스를 향해 돌아서며 '그만.'이라고 말했다.

그리고 이내 한마디를 덧붙였다.

"내일 아침에 출근할 때 그 친구를 데려올 수 있겠나?"

루카스의 염려와는 다르게, 브라이언의 눈에는 도진에 대한 호기심이 가득했다.

루카스는 퇴근 후 집에 들어오자마자 도진을 찾았다.

"도진! 도진! 방에 있어요? 빨리 좀 나와 봐요."

"무슨 일이에요?"

"이력서요! 내가 셰프에게 도진을 소개했어요. 우선 내일 아침에 한번 같이 출근해 보라고 하던걸요."

도진에게 셰프의 말을 전달한 루카스는 마치 벌써부터 도진이 가게에서 함께 일하게 된 듯 굴었다.

"셰프가 관심을 보였으니, 함께 일할 수 있는 건 100퍼센트 확실해요."

그렇게 말하며 자축의 의미로 맛있는 걸 먹자던 루카스는 잠시만 기다리라고 말하며 밖으로 나갔다 양손 가득 무언가를 들고 되돌아왔다.

"오늘 같은 날은 먹고 마셔야죠!"

마치 자기가 취직에 성공한 사람처럼 잔뜩 들뜬 루카스는 테이블 소파에 후라이드 치킨 윙부터 시작해서 남다른 사이즈의 어니언 링, 각종 맥주에 간식거리를 늘어놓았다.

그러고는 자신이 쏘는 거라며 마음껏 먹으라고 말하며 캔을 따서 도진의 손에 쥐여 주었다.

도진은 순간 당황한 마음에 '술은 안 되는데…….'라며 말했다.

그에 루카스가 깔깔거리며 웃었다.

"손에 들린 걸 자세히 봐요, 도진. 설마 제가 미성년자인 당신에게 술을 줬을까 봐요?"

도진은 그제야 자신의 손에 들린 게 맥주가 아닌 무알코올 애플 사이더라는 것을 알 수 있었다.

자신의 착각에 머쓱함이 앞선 도진은 괜히 '건배나 합시

천재셰프
회귀하다

다!'라며 분위기를 주도했고.

결국 무알코올 음료만 마셨던 도진은 전혀 취하지 않았지만, 주야장천 술을 들이켰던 루카스는 한껏 취할 수밖에 없었다.

덕분에 도진이 아침 일찍 씻고 나와 머리를 말리고 있을 때까지도 일어나지 않았다.

결국 어쩔 수 없이 그의 방에 들어가 루카스를 깨웠다.

"일어나 봐요. 여기 생수."

"고마워요. 도진은 천사가 분명해."

"어제 너무 많이 마신 거 아니에요? 괜찮겠어요?"

루카스는 도진이 건넨 물을 한 번에 들이켜고는 그제야 일어나 씻으러 들어가며 대답했다.

"오, 물론. 나는 멀쩡해요."

말은 그렇게 했지만, 전혀 멀쩡하지 않은 듯 몸을 비척거리며 화장실로 걸어 들어가는 루카스의 모습에 도진이 고개를 저었다.

'이대로 괜찮은 거 맞을까?'

따지고 보면 셰프와 대면하게 되는 첫 만남이 분명했지만…….

도진은 아무런 대비조차 하지 않은 이 평화로운 일상이 맞는지에 대한 의문이 들었다.

'르 베르나르댕'에 도착한 도진은 루카스를 따라 직원용 뒷문으로 들어섰다.

주방으로 향하는 복도 가장자리에는 물건이 가득 담긴 참피나무 상자가 한가득 쌓여 있었다.

야채에는 여전히 흙이 묻어 있어 자연의 향기가 물씬 났다.

20킬로그램짜리 설탕 여러 봉지와 밀가루 한 봉은 우유 상자 위에 조심스럽게 얹혀 있었고 진공 포장된 육류는 찌그러진 종이 상자를 뚫고 나와 있었다.

보통 이런 레스토랑의 경우 아침에 들어오는 물류의 양을 확인하면 얼마나 장사가 잘되는 곳인지 알 수 있었다.

쌓여 있는 재료 상자들은 지금까지 '르 베르나르댕'이 이곳에서 굳건하게 버틸 수 있었던 것을 마치 증명하는 듯했다.

"우선 도진은 셰프의 사무실에서 기다리고 있으면 될 것 같아요."

자신이 안내해 주겠다며 말하는 루카스의 뒤를 따라가던 도진은 쌓여 있는 상자 사이로 풍겨 오는 꼬릿 하고 진한 치즈 향에 저도 모르게 고개를 힐긋거렸다.

힐끔 쳐다본 상자 안에는 시실리안 피스타치오와 아르간 오일, 페드로 히메네스 식초, 브리나따 치즈까지.

한눈으로 보기에도 상등품의 재료들이었다.

루카스는 한참 걷다가 뒤에서 느껴지지 않은 인기척에 뒤를 돌아보았다.

도진은 신선하고 좋은 재료들에 눈길을 빼앗긴 모습이었다.

"도진, 빨리 와요."

"아, 네! 알겠습니다!"

조금이라도 여유가 있었다면 도진에게 재료들을 보여 줬을 테지만, 조금 빠듯하게 출근한 터라 급히 발길을 옮길 수밖에 없었던 루카스는 아쉬움을 표했다.

"조금만 더 일찍 나올 걸 그랬어요. 그러면 여기저기 소개해 줄 수 있었을 텐데……."

"괜찮아요. 어쩔 수 없죠."

"어차피 내일부턴 함께 출근할 테니까, 내일 자세히 소개해 드릴게요!"

금세 셰프의 사무실 앞에 도착한 루카스는 문을 열어 주며 도진을 안으로 안내했다.

"소파에 편하게 앉아 있어요. 셰프는 보통 열 시 반쯤 오지만, 아마 오늘 도진이 오는 것을 알고 있으니 열 시쯤이면 도착할 거예요."

말을 마친 루카스는 아침 일과를 처리하러 가야 한다며 다급히 자리를 옮겼다.

루카스가 문을 닫고 나가는 것을 확인한 도진은 잠시 고개를 두리번거리며 사무실 내부를 둘러보았다.

　문을 열자마자 바로 정면에 보이는 것은 셰프의 집무 테이블이었다.

　테이블을 기준으로 오른쪽 벽면을 가득 채우는 원목 책장에는 각종 요리서는 물론이고, 지금까지 받아 왔던 미슐랭의 상패들과 셰프가 받은 각종 상장이 전시되어 있었다.

　그리고 왼쪽 벽면에는 '르 베르나르댕'의 지난 30년이 고스란히 담겨 있는 액자들이 줄지어 있었다.

　큰 액자들은 '르 베르나르댕'이 조금씩 바뀔 때마다 새로 찍은 듯했다.

　지그재그로 배치되어 있는 큰 액자들 사이로 비교적 작은 액자들이 걸려 있었는데, 그것은 함께 일했던 직원들과 찍은 단체 사진이었다.

　도진은 무려 여섯 개의 액자가 직원들과 함께 찍은 단체 사진이라는 것에 감탄하며 가까이 다가가 액자를 살폈다.

　'아무래도 오래된 파인다이닝인 만큼, 많은 사람이 거쳐 지나갔겠지?'

　이곳에서 근무했던 이들은 누가 있을지 궁금했던 도진은 액자 속 작은 얼굴들을 훑으며 천천히 발걸음을 옮겼다.

　그리고 비교적 가장 최근에 찍은 듯한 사진 앞에 선 도진은, 이윽고 익숙한 얼굴의 인물을 발견했다.

'윤희수 셰프님 아닌가? 이분도 여기서 일한 적이 있었다
니……'

낯선 타지에서 비록 안면뿐이었지만, 아는 얼굴이 보이자
어쩐지 반가운 마음에 미소를 짓던 도진은 그의 옆에 서 있
는 더 익숙한 얼굴에 눈을 크게 떠 보였다.

놀란 마음에 액자에 한 발짝 더 다가가 좀 더 자세히 확인
하려는 순간.

문이 덜컥 열리는 소리에 도진은 문 쪽으로 몸을 돌릴 수
밖에 없었다.

"반갑습니다! 르 베르나르댕에 오신 걸 환영하죠. 이곳의
헤드 셰프 브라이언 리퍼트입니다."

"반갑습니다. 김도진이라고 합니다."

손을 내밀려 악수를 청하는 브라이언의 모습에 도진은 성
큼성큼 그의 앞으로 걸어가 손을 맞잡고 인사를 나눴다.

브라이언 리퍼트.

턴 오버가 심한 뉴욕에서 '르 베르나르댕'을 뿌리내리고 무
려 30년이 넘는 시간 동안 최고 레스토랑의 지위를 유지하고
있는 곳의 헤드 셰프.

심지어는 '르 베르나르댕'의 미슐랭 별 세 개를 11년간 유
지하고 있는 그는 어마어마한 사람이 분명했다.

도진은 자신과 손을 맞잡은 채 인사를 하는 브라이언을 바
라보며 그의 가장 유명한 일화 중 하나를 떠올렸다.

일명 샐러드 사건.

한때 브라이언의 밑에서 일했던 요리사 A가 직접 겪은 일이라며 밝힌 일화였다.

A는 콜드 파트의 샐러드를 담당했었는데, 제대로 확인하지 않는 듯한 브라이언의 모습에 그냥 버리기는 아까웠던 살짝 시든 채소를 밑에 깔고 위에 싱싱한 채소를 덮어서 겉보기에는 멀쩡한 것처럼 만들어 패스에 낸 적이 있다고 밝혔다.

이번에도 제대로 확인하지 않고 '그냥 넘어가겠지.'라는 생각으로 맘 편히 다음 샐러드를 준비하고 있던 찰나.

그 전까지만 해도 한 번도 샐러드 검사를 하지 않던 브라이언이 갑작스럽게 서버가 샐러드를 가지고 가려는 접시를 붙든 것이다.

그러고는 위에 얹어진 싱싱한 채소를 걷어 내고는 아래에 깔린 시들한 채소를 보고 그것을 A의 얼굴에 던졌다는 것이다.

그러고는 '한 번 더 이런 걸 주면 너는 여기서 일할 수 없다.'며 단호하게 말한 브라이언의 모습에 그날 혼자 구석에 가서 쭈그려 앉아 울었다고 밝혔다.

브라이언은 그만큼 주방에서, 또 손님에게 나가는 접시에서만큼은 단호하고 양보가 없는 사람이었다.

모든 것이 자신의 생각대로 나와야만 하는 사람.

그런 사람이 바로 자신의 앞에 있었다.

"도진, 이쪽으로 앉으시죠. 차라도 한잔하시겠습니까? 아니면 커피?"

사람 좋은 얼굴로 웃으면서.

한편 오늘 브라이언은 출근하면서부터 기분이 좋았다.

바로 전날 루카스에게 도진에 관해 전해 듣고 난 뒤로, 그가 매우 궁금했기 때문이다.

'과연 어떤 사람일지……'

오랜만의 새로운 면접에 두근거리는 마음을 주체하지 못해 늦게 잠들어 피곤할 법도 했지만, 브라이언의 얼굴에는 피로라는 그늘은 조금도 찾아볼 수 없었다.

그저 기대감만이 격양되어 있었을 뿐이다.

'어린 나이에도 그만큼의 경력을 쌓았으니 생각보다 더 애늙은이 같고 노련하고, 덩치도 더 클지도 몰라.'

상상의 나래를 펼치며 문을 열고 들어선 그는 자신의 눈앞에 보이는 도진의 모습에 조금 놀랄 수밖에 없었다.

그도 그럴 것이 자신이 생각했던 모습보다 더 어려 보였기 때문이다.

아무리 많이 쳐줘도 열여섯 살 정도 되어 보이는 도진의 모습에 잠깐 놀랐지만, 이내 자연스럽게 인사를 나눈 뒤.

그를 소파로 안내해 대화를 나누기 시작했다.

"그래서, 스타쥬도 좋고 꼬미도 좋으니 그냥 이곳에서 일해 보고 싶다고 하던데, 맞나요?"

"맞습니다. 부디 이곳에서 제가 배움을 청할 수 있었으면 좋겠네요."

보통이라면 대부분 떨려서 제대로 말을 못 하기 마련인 자리였다.

하지만 당당하게 대답하는 도진의 모습에 브라이언은 의외라는 듯한 표정을 짓더니 이내 한 번 더 물었다.

"어린 나이치고는 경력이 꽤나 상당하던데, 정말인가요?"

어쩌면 무례할 수도 있는 질문이었다.

자신의 경력을 무시하는 듯한 질문이었으니, 기분이 나쁠 수도 있었다.

하지만 일부러 도진의 성질을 돋구기 위해 이런 질문을 던졌던 브라이언은 흥미진진한 표정으로 도진이 어떤 대답을 할지 기대했다.

'자, 어디 한번 본성을 드러내 보시지.'

사람을 판단하기 위해서는 가장 먼저 그가 화를 내는 모습을 봐야 한다는 그의 철학이 고스란히 느껴지는 순간이었다.

그러나 도진은 브라이언의 예상과는 전혀 다르게 침착했다.

"물론 믿지 못하실 수도 있다고 생각합니다. 아무래도 저는 그만큼의 경력을 쌓기에는 많이 어린 나이니까요."

잠시 생각을 하는 듯 말을 멈춘 도진은 이내 액자 쪽으로 시선을 돌리며 말을 덧붙였다.

"원하신다면 제 실력을 증명해 줄 분에게 증명을 요청해 보도록 하겠습니다."

"당신의 실력을 증명해 줄 사람이라면 당신이 아는 사람일 텐데, 그게 신빙성이 있나요?"

미덥지 않다는 듯한 표정에 일관된 태도로 그의 성질을 돋우기 위해 노력하던 브라이언이었지만.

도진은 그런 브라이언의 태도를 이해한다는 듯 미소를 띠며 대답했다.

"그건 걱정하지 않으셔도 됩니다. 아마 셰프님도 아시는 분일 테니까요."

오히려 당황한 것은 브라이언이었다.

루카스의 말대로라면 도진이 미국에 온 것은 불과 며칠 되지 않은 일이었다.

그런데 도대체 자신과 친분이 있는 셰프는 어떻게 안다는 말인가.

도저히 궁금증을 참을 수 없었던 브라이언은 결국 도진에게 물었다.

"제가 아는 사람이라니, 도대체 누구죠?"

브라이언의 얼굴에 가득한 의문에 도진은 웃음을 터트리며 대답했고.

그 대답을 들은 브라이언은 뜻밖의 이름에 놀랄 수밖에 없었다.

브라이언은 도진의 입에서 나온 생각지도 못한 이름에 놀라 눈을 크게 뜨며 되물을 수밖에 없었다.

"그러니까 선웅을 안다고요?"

"네, 김선웅 셰프님은 두 달쯤 전에 뵀어요."

"너무 오랜만에 듣는 이름이군요."

설마하니 김선웅의 이름을 도진의 입을 통해 들을 것이라고는 생각지도 못했던 브라이언은 그리운 이름에 반가움을 표할 수밖에 없었다.

"선웅과는 어떻게 아는 사이죠?"

"이전에 제가 운영했던 레스토랑에 식사를 하러 온 적이 있으세요. 그때를 기점으로 연락을 주고받으며 친분을 쌓다가 두 달쯤 전에는 한국에 방문해 주셔서 제가 김선웅 셰프님의 투어 가이드를 해 드렸죠."

도진의 말을 듣던 브라이언이 문득 궁금하다는 듯 물었다.

"그런데, 제가 어떻게 선웅을 알고 있을 것이라고 생각한 거죠?"

그 말에 도진이 벽에 걸린 액자들을 가리키며 대답했다.

"저기, 사진에 김선웅 셰프님이 계시더라고요. 익숙한 얼굴이라 깜짝 놀랐어요."

"오, 맞지. 참. 그건 생각을 못 했네요. 관찰력이 아주 좋은걸요."

"그런데 저건 언제쯤 찍은 사진인가요?"

도진의 질문에 브라이언은 잠시 고민하다 이내 말했다.

"아마 15년쯤 전인 것 같군요. 그가 라인에서 일할 때였으니⋯⋯."

이번에는 도진이 놀란 표정을 지으며 브라이언에게 되물었다.

"저게 15년 전 사진이라고요? 하지만 지금이랑 얼굴이 너무 똑같으시던데요?"

"그렇죠. 선웅은 정말 나이를 먹는 게 느껴지지 않을 정도여서 저희 사이에서는 뱀파이어가 아니냐는 소문도 있었다니까요."

어느새 도진의 면접 아닌 면접은 뒷전이 된 채.

두 사람은 서로가 아는 김선웅을 시작으로, 주로 하는 요리의 장르, 요즘은 어떤 요리에 관심이 있는지, 그리고 좋아하는 음식까지.

시간이 흐르는지도 모른 채 수다를 떨다 보니 어느새 30분이 훌쩍 지나 있었다.

시간을 확인한 브라이언은 깜짝 놀라며 급히 자리에서 일어나며 말했다.

"이런, 우리가 너무 재미있게 얘기했군. 벌써 오픈 시간이 코앞이야. 나는 빨리 주방으로 가야 할 것 같네."

그 잠깐 사이에 어느새 브라이언은 도진에게 말을 편히 할 만큼 마음을 연듯했다.

"오, 물론이죠. 얼른 가 보세요."

비록 일과 관련된 얘기는 거의 하지 못했지만, 짧은 대화에 충분히 즐거웠던 도진은 아쉬움 없이 브라이언을 보내려고 했다.

하지만 브라이언은 의아하다는 듯 고개를 갸웃하며 도진에게 말했다.

"무슨 말인가? 자네도 함께 가야지."

"네? 그게 무슨? 하지만 제대로 면접도 보지 못한 것 같은데……."

도진의 말에 브라이언이 웃음을 터트리며 말했다.

"선웅이 자네의 요리를 좋아한다고 하지 않았나. 그거면 충분하지."

그리고 이내, 브라이언은 빨리 따라오라며 도진에게 손짓을 한 뒤 주방으로 향했다.

도진은 얼결에 브라이언의 뒤를 졸졸 쫓았다.

사무실을 나와 로커 룸을 지나던 브라이언은 도진에게 물었다.

"지금은 라인이 모두 차 있어서, 당장은 꼬미로 일할 수밖에 없을 것 같은데, 그래도 괜찮겠나?"

"물론이죠. 저는 함께 일해 볼 수 있는 것만으로 충분히 영광입니다."

도진은 이곳에서 일하고 싶어 하는 이들이 얼마나 많은지 알고 있었다.

미슐랭 쓰리 스타를 가진 곳은 전 세계를 통틀어도 100개가 겨우 넘는다.

심지어 '르 베르나르댕'은 무려 11년 동안 별 세 개를 유지하고 있는 곳이었다.

그렇기에 무급으로라도 일하고 싶어 하는 이들이 얼마나 많을지 짐작조차 되지 않을 지경이었다.

그런 곳에서 잠깐의 대화를 통해 스타쥬도 아니고 월급이 주어지는 꼬미로 일할 기회가 주어지다니.

도진의 입장에서는 횡재나 다름없는 일이었다.

그렇게 몇 걸음 지나지 않아, 브라이언이 주방의 제일 정중앙인 패스 앞에 섰다.

"자, 다들 주목!"

우렁찬 브라이언의 목소리에 주방 직원들은 모두 하던 일을 잠시 멈추고 그를 바라보았다.

그리고 이내.

브라이언의 뒤에 있던 도진에게도 시선이 이어졌다.

"도진, 이쪽으로."

브라이언은 도진은 자신의 옆으로 서게 한 뒤 직원들을 보며 말을 이었다.

"여기는 한국에서 온 도진이라고 하네. 오늘부터 우리랑 함께 일할 예정일세."

"반갑습니다. 김도진입니다."

갑작스러운 도진의 등장에 놀란 듯 그의 인사를 제대로 받을 생각조차 못 하는 직원들 틈 사이로, 작게 손을 흔들며 도진을 반기는 루카스가 보였다.

그 모습에 도진이 미소를 짓는 사이, 브라이언이 말을 덧붙였다.

"꼬미로 들어온 거니 다들 많이 챙겨 주도록."

"갑자기요? 무슨 꼬미?"

의문을 표하는 직원들의 물음에 브라이언은 그런 질문들을 모두 한마디로 일축해 버렸다.

"내 마음이지."

주방의 최고 권력자다운 발언이었다.

그리고 이내 수 셰프인 스테판을 바라보며 말을 덧붙였다.

"스테판, 이 친구가 선웅과 친하다고 하더군. 알아서 잘 좀 챙겨 줘."

"네? 선웅이요? 제가 아는 그 선웅?"

"맞아, 그 선웅."

"오, 그리고 보니 선웅도 한국 사람이라고 그랬었죠."

고개를 끄덕이던 스테판이 가장 먼저 도진에게 인사를 건넸다.

"반가워, 도진. 우리 주방에 온 걸 환영하지."

"반갑습니다."

스테판은 먼저 나서서 함께 일하게 될 직원들의 소개를 시작했다.

"여기는 워렌, 콜드파트의 전체를 총괄하고 있지. 그리고 이쪽은 스즈키. 오전 프랩 쿡이라 곧 퇴근할 거야. 여긴 루카스고……."

"도진, 여기서 보니까 또 새롭네요. 함께 일하게 되어서 너무 기뻐요. 저는 그릴을 담당하고 있답니다!"

루카스는 도진이 점차 근처로 다가올수록 표정이 밝아지더니 이내 스테판이 자신의 소개를 하려고 하자 말을 끊어 버리고는 직접 소개를 해 버렸다.

'이거야 원. 뒤에 꼬리가 보이는 줄 알았네.'

밝은 갈색의 부드럽게 흘러내리는 곱슬머리에 도진은 마

치 주인을 반기는 강아지를 보는 듯한 기분이 들어 웃음을 터트렸다.

"저도 여기서 보니까 더 반가워요. 앞으로 잘 부탁드려 요."

두 사람이 인사를 나누는 모습에 스테판이 놀란 듯 물었 다.

"뭐야, 둘이 아는 사이야?"

"네! 도진이 뉴욕에 있는 동안 지낼 숙소를 우리 집으로 골랐거든요. 어쩌면 이 모든 게 저희 가게에서 함께 일하게 될 운명이었던 게 아닐까요?"

루카스의 실없는 말에 스테판이 헛웃음을 흘리며 도진을 루카스에게 밀어 주며 말했다.

"그럼 앞으로 도진은 루카스가 챙기면 되겠군. 잘 부탁하 고, 오늘은 정신 없을 테니 도진은 견학 느낌으로 한번 가 보 자고."

이내 스테판은 셰프에게 다가가 몇 마디 말을 주고받더니 박수를 크게 한 번 치며 직원들을 주목시키며 말했다.

"자, 그러면 오늘도 열심히 해 봅시다!"

직원들은 저마다 '예! 셰프!' 하며 대답했다.

우렁찬 그들의 목소리에 주방에는 활기가 돌기 시작한 듯 했다.

천재셰프
회귀하다

주방의 색깔은 요리와 테크닉, 이 두 가지로 결정됐다.

무엇을 요리하는지, 그리고 어떻게 요리하는지.

일본식이냐 이탈리아식이냐, 아니면 4성급 레스토랑이냐 싸구려 식당이냐 등 주방마다 분명한 차이점이 존재했다.

하지만 분명하지 않은 차이가 뚜렷하지 않은 점도 있었다.

예를 들자면, 주방의 배치는 언제나 다양했다.

저장고와 워크인 박스, 프랩 구역과 라인 등은 어떤 주방을 가도 모두 다르게 배치되어 있었다.

어떤 주방은 여러 층, 여러 방으로 되어 있는 데다가 각 방마다 패스트리, 수비드, 연회 준비, 정육 등 특정한 작업만 할 수 있게 되어 있는 곳도 있었고.

또 다른 어떤 주방은 모든 작업을 한 공간에서만 할 수 있게 되어 있는 곳도 있었다.

80명의 요리사가 모두 들어갈 수 있을 만큼 크기가 큰 곳도 있었고, 0.5평 남짓한 곳에 저녁 내내 갇혀 있는 기분을 느끼게 하는 곳도 있었다.

도진이 서 있는 이 '르 베르나르댕'의 경우 너무 크지도, 그렇다고 너무 작지도 않은 적당한 크기의 주방이었다.

아니, 오히려 바깥의 홀을 생각하면 조금 작을지도 모르겠다는 생각이 드는 사이즈이기도 했다.

도진은 주방 입구 위에 붙어 있는 벽보를 바라보았다.

[집중 단련 노력 조심]

모두가 볼 수 있는 위치에 볼드체로 붙어 있는 벽보는 근면한 요리사들에게도 그들의 존재 이유를 상기시켜 주는 듯했다.

도진은 그 벽보 바로 아래에 서서 저마다 자신의 자리에서 할 일을 하고 있는 이들을 바라보았다.

눈 밑 살이 두꺼운 얼굴에 난 칼자국, 털 하나 나지 않는 화상 입은 팔, 근육질의 등판에서부터 이어져 목깃 틈 사이로 보이는 타박상의 흔적, 짤막하게 자른 손톱.

요리 프로그램과 셰프의 자서전에서나 봤을 법한 인물들이 있는 이곳은 주방이 확실했다.

하지만 전형적인 겉모습 뒤에는 각자 독특한 개성이 숨겨져 있을 게 분명했다.

'과연 어떤 사람들일까.'

도진은 앞으로 이 사람들과 함께 일을 하게 된다는 것이 기대되기 시작했다.

불이 활활 타오르는 소리와 기름 볶는 소리, 철과 철이 부딪쳐 철커덩 탕탕 하는 소리.

주방에서는 나는 소리는 그뿐 아니었다.

"파스타 5분만 늦게 해 줘!"

"여기 소스 좀 맡아 줄 사람!"

"가니시 완성입니다!"

"수프 나가요!"

"스테이크 접시 데워 뒀습니다!"

주방에서 일하는 요리사들의 목소리가 쉴 틈 없이 울려 퍼졌다.

그리고 그 틈 사이로 지잉 하는 소리가 연달아 났다.

패스 중앙에 설치된 프린터기에서 주문서가 나오는 소리였다.

셰프는 패스 중앙에 서서 메뉴와 순서, 시간, 좌석 배치, 손님 수 등 다양한 코드로 적혀 있는 주문서를 해석한 뒤.

메뉴에 따라 시간 순서대로 보드에 배열했다.

그러는 사이 각 섹션에 있는 프린터기에서도 주문서에 대한 요약본이 출력되었다.

각 라인을 맡은 요리사들도 셰프처럼 주문서를 해독한 뒤 자신들의 티켓 꽂이에 걸어 놓았다.

그러면서도 자신이 하던 일은 놓치지 않는 모습이었다.

깔끔한 움직임으로 자신이 해야 할 일을 처리하는 이들을 보며 도진은 감탄했다.

'역시 이 정도는 되어야 미슐랭 쓰리 스타라고 할 수 있지.'

오랜만에 보는 듯한 광경에 도진은 그리운 듯한 기분이 들었다.

카르만의 가게에서 일할 때를 떠올린 것이다.

가장 처음 일했던 곳.

접시닦이로 시작해 수 세프의 자리까지 올랐던 그곳.

그리운 만큼 다시 한번 가 보고 싶은 곳이 틀림없었다.

아련한 추억에 잠겨 헤어 나오기 힘들어지기 직전.

"고생하셨습니다!"

여기저기서 앓는 소리들이 터져 나오기 시작했다.

드디어 오전 서비스가 끝난 것이다.

하나같이 땀이 범벅이 되어 지쳐 있는 이들 가운데 홀로 이마에 맺힌 땀방울을 고고하게 닦던 세프가 직원들을 향해 말했다.

"다들 할 일 끝내 놓고 잠깐 휴식한 뒤에 오후 서비스 가 보자고."

그렇게 말한 세프는 자신의 사무실로 쏙 들어가 버렸고.

그가 들어가자마자 루카스가 홀로 멀뚱히 서 있던 도진에게 다가와 물었다.

"어때요? 너무 정신없었죠?"

그 물음에 도진이 미소를 지으며 대답했다.

"할 만할 것 같은데요."

자신감이 가득한 도진의 모습에 루카스는 당황한 듯 되물

천재세프
회귀하다

을 수밖에 없었다.

"네? 정말요?"

"네. 정말요."

도진은 여전히 미소를 지으며 대답했다.

뜻밖의 채용

당당한 도진의 대답에 잠시 얼이 빠져 있었던 루카스는 브레이크 타임을 틈타 바쁘게 도진에게 가게 곳곳을 소개해 주었다.

도진이 쓰게 될 라커부터 시작해서 워크인 냉동고와 프로덕션 저장고, 건조식품 저장고, 숙성고 등 재료들이 각각 어디 보관이 되어 있는지, 그리고 어떻게 정리해야 하는지.

각각의 위치에 있는 프라이팬과 접시, 그리고 각종 잡다한 주방 집기들.

그리고 나뉘어 있는 프랩 구역과 패스트리 파트, 설거지 구역은 물론이고 이내 홀까지.

'르 베르나르댕'의 꼬미가 된 도진에게 레스토랑 곳곳을 소개해 준 루카스는 자신의 뒤를 따라오는 도진을 바라보며 말했다.

"쉬워 보인다고 해도 막상 실전에 들어가면 생각만큼 몸이 쉽게 움직이지는 않을걸요."

어깨를 으쓱이며 말하는 루카스의 모습에 도진도 마찬가지로 어깨를 으쓱이며 의미를 알 수 없는 미소를 지으며 말했다.

"모를 일이죠."

사실 도진은 가만히 서서 그들이 요리를 하는 모습만 바라보고 있었던 것은 아니었다.

각자의 자리에서 그들이 어떤 집기를 어디에서 꺼내고, 오더가 들어오면 무엇을 먼저 하며, 셰프가 어떻게 다른 이들에게 오더를 내리는지 등.

전체적으로 주방이 돌아가는 것을 확인한 도진은 루카스가 주방을 소개해 주기 전에도 대충 무엇이 어디 있는지 알 수 있었다.

다만 그의 소개를 통해 도진의 기억에 조금 더 정확성을 덧붙여 준 것이었다.

'재료나 다른 집기 들이 어디 있는지는 다 파악했으니, 이제 레시피를 디테일하게 체크하기만 하면 되겠군.'

도진은 다음 자신이 해야 할 것이 무엇인지 빠르게 파악했다.

가장 급한 것은 이곳에서 어떤 메뉴가 판매되고 있는지를 익히는 것이 시급했다.

일전에 이력서를 들고 방문했을 때, 메뉴판을 둘러보긴 했지만 직접 먹어 본 것들이 아니었기에 조금 더 자세히 확인할 필요가 있었다.

'오늘은 메뉴가 어떻게 나가는지 위주로 확인해 봐야겠군.'

도진이 잠시 생각에 빠진 사이, 저마다 주방 곳곳에서 선 채로 식사를 마친 직원들은 다시금 오후 서비스를 준비하기 위해 바쁘게 움직이기 시작했다.

도진에게 레스토랑 소개를 해 주느라 주방으로 늦게 돌아온 루카스는 접시에 식사를 덜어 도진에게 내밀며 말했다.

"얼른 먹어요. 오늘은 좀 바쁜 날이라, 빨리 먹고 오후 준비도 해야 해요."

루카스의 말에 도진은 자신의 손에 쥐어진 접시를 바라보았다.

해산물이 잔뜩 들어간 파에야와 흰 소스가 곁들여진 연어 스테이크 한 덩이.

바쁜 와중에 챙겨 먹는 스텝 밀치고는 나름 훌륭했다.

"잘 먹겠습니다."

감사 인사를 한 도진은 접시에 함께 올려져 있던 숟가락을 손에 쥐었다.

이 정도 식사에 포크와 나이프까지 사용하는 것은 사치였다.

　도진은 숟가락으로 흰색의 소스가 곁들여진 연어 스테이크를 토막 냈다.

　연어는 부드럽게 결을 따라 으스러지듯 조각났다.

　빠에야와 맛이 섞이지 않도록 그릇 바깥쪽으로 해서 연어 스테이크를 한 숟갈 뜬 도진은 이윽고 입안에서 느껴지는 맛에 감탄했다.

　'완벽하게 구워졌군.'

　소스를 부어서 먹었는데도 껍질 부분은 바삭한 것이 느껴졌다.

　그리고 연어의 속살에서는 부드럽고 고소한 연어 기름의 풍미가 느껴지는 것과 동시에 비린 맛을 잡기 위해 사용된 듯한 로즈마리의 향이 은은하게 느껴졌다.

　곁들여진 흰색의 소스는 크림 소스였는데, 레몬이 들어간 듯 상큼한 향과 맛이 기름진 맛과 어우러져 연어 스테이크가 물리지 않도록 해 주는 역할을 했다.

　도진은 감탄했다.

　'맛있다.'

　그리고 이내 빠에야는 또 얼마나 맛있을지 기대가 되었다.

　스페인의 쌀 요리인 빠에야는 생쌀을 넣고 볶은 재료에 육수를 넣어 끓여서 밥을 짓는 음식이었는데 보통 샤프란이 들어가 특유의 노란색을 띠는 경우가 많았다.

하지만 스텝 밀로 나온 파에야는 붉은색을 띠고 있었다.

'향을 맡아 보니 토마토소스가 베이스가 된 것 같군.'

냄새로 파에야의 기본 소스를 추측한 도진은 안에 들어간 재료들을 확인했다.

'홍합이랑 새우, 오징어⋯⋯.'

파에야 데 마리스코(paella de marisco).

일명 해산물 파에야에 기본으로 들어가는 세 가지 종류의 해산물은 물론이고, 그 외의 여러 조개류와 더불어 색색의 파프리카와 양파 등의 채소가 들어가 있는 파에야는 퍽 먹음 직스러워 보였다.

조개와 새우를 껍질째 사용하면 좀 더 풍미가 있을 터였지 만, 스텝 밀은 빠르고 간편하게 먹어야 하는 만큼 재료들은 먹기 편하게 모두 껍질이 벗겨진 채 조리되어 있었다.

하지만 그럼에도 풍겨 오는 맛있는 냄새에 도진은 빠르게 파에야를 한 숟갈 들었다.

입안 가득 느껴지는 해산물의 풍미를 머금은 토마토소스 의 맛.

그 틈 사이로 느껴지는 샤프란의 이국적인 향과 맛.

마지막으로 은은하게 느껴지는 로즈마리의 향이 모두 조 화롭게 어우러졌다.

입안 가득 부드럽게 으스러지는 밥알과 씹는 맛이 느껴지는 새우와 조개까지.

분명 스텝 밀로 가볍게 만든 메뉴일 터인데 완성도가 높았다.

'이런 스텝 밀이라면 일할 맛이 날 것 같은걸.'

도진은 만족스러운 미소를 짓고는 접시를 박박 긁다시피 하며 자기 몫의 식사를 마쳤다.

그리고 설거짓거리를 정리한 뒤, 주방을 둘러보았다.

모두가 자신이 맡은 일을 철저히 분담하고 있었다.

누군가는 파스타 기계를 이용해 직접 반죽해 발효시켜 둔 생면을 뽑고 있었으며, 누군가는 버섯을 씻고 절인 레몬을 잘게 썰어 정리하고 있었다.

그리고 도진에게 가장 익숙한 사람인 루카스는 감자를 손질하고 있었다.

도진이 그에게 다가가 물었다.

"도와드릴 건 없을까요?"

"오, 손이야 많으면 너무 좋죠. 이 감자 손질하는 것 좀 도와주세요."

"뭐에 쓸 감자인가요?"

"셰프가 '머스타드 포테이토'를 주문했거든요."

루카스의 말에 도진이 되물었다.

"머스타드 포테이토요?"

"네. 그러니까 음, 셰프의 독일식 감자 샐러드를 말하는

천재셰프
회귀하다

거예요."

삶은 감자에 홀그레인 머스타드와 트러플, *차이브(*허브의 일종, 향긋하고 톡 쏘는 맛으로 식욕을 돋움.)를 함께 섞어 만드는 감자 샐러드라고 설명한 루카스는 그 와중에도 쉬지 않고 손을 움직여 감자에 칼집을 내고 있었다.

도진도 이내 그를 따라 삶았을 때 쉽게 껍질을 벗길 수 있도록 감자에 칼집을 내는 것에 동참했다.

큰 통 두 개를 다 채운 두 사람은 끓는 물에 감자를 모두 넣었다.

루카스는 후드 위에 붙어 있는 타이머를 몇 번 만지작거리더니 시간을 맞춰 놓고 돌아서서 곧장 다음 준비를 시작했다.

"다음은 돼지고기 손질을 할게요. 할 수 있겠어요?"

"한 번 시범을 보여 주시면 따라 해 볼게요."

도진의 말에 루카스는 고개를 끄덕이며 칼을 집어 들었다.

칼이 돼지고기 위를 몇 번 오가자 금세 불필요한 뼈 부분이 발라지고, 지방층이 분리되었다.

도진은 루카스가 돼지고기를 잘라 소분하는 것을 보며 물었다.

"몇 그램으로 나누는 건가요?"

"보통은 120그램에서 130그램 정도예요."

많이 해 본 손길이었기에 별달리 무게를 재지 않아도 일정한 크기와 중량으로 빠르게 하나의 덩어리를 손질한 루카스는 이내 도진에게 또 다른 돼지고기 덩어리를 건넸다.

도진은 고기를 받아 들고는 루카스가 한 순서대로 가장 먼저 불필요한 뼈를 바르고, 등뼈를 가른 뒤, 지방층을 손질했다.

그 모습에 놀란 것은 루카스였다.

"너무 깔끔하게 잘했어요! 소분하는 것은 아무래도 저울이 필요하겠죠?"

하지만 도진은 루카스의 말에 고개를 저으며 그의 친절한 손길을 만류했다.

"괜찮아요. 그 정도는 들어 보면 알 수 있죠."

숙련된 요리사의 손은 저울과도 같았다.

매일같이 재료를 만지고 손질하며 무게를 확인하는 일이 허다했기 때문이다.

도진은 자신 있게 눈대중으로 고기를 썰어 스테인리스 트레이에 옮겼다.

그러자 루카스는 미덥지 않다는 눈길로 조심스레 도진이 썰어 놓은 고기를 저울에 올려놓았다.

저울은 정확히 120그램을 나타내고 있었다.

루카스는 처음이라 초심자의 운이 따른 게 아닐까 하는 생각에 그사이 도진이 썰어 둔 다른 고깃덩어리를 집어서 한 번 더 무게를 재 봤다.

저울은 여전히 120그램을 나타내고 있었다.

"저울이 고장났나."

루카스는 조용히 중얼거리며 자신이 썰어 둔 고기를 저울 위에 올렸다.

그리고 짐짓 놀란 표정을 숨기지 못한 채 도진과 저울을 바라볼 수밖에 없었다.

그도 그럴 것이, 루카스가 썰어 놓은 고기는 126그램을 나타내고 있었기 때문이다.

그 말은 곧, 저울이 고장 나지 않았다는 뜻이었다.

이내 고기의 소분을 모두 끝낸 도진은 그런 루카스를 바라보며 물었다.

"이제 다음은 뭘 할까요?"

서비스 전 미팅 시간이 끝나고, 잠깐의 휴식을 가진 '르 베르나르댕'의 주방은 이내 오후 서비스를 위해 다들 각자의 자리에서 다시금 앞치마를 졸라매고 있었다.

도진은 여전히 오전 서비스 때와 같이 그 자리에 서서, 다른 요리사들이 음식을 하는 데 방해가 되지 않도록 섰다.

요리사는 서비스를 앞두고 있는 스테이션의 상태만 봐도 상대가 어떤 요리사인지 알 수 있었다.

스테이션이 깨끗하고 정리가 잘되어 있다면 그 요리사는 잘하고 있는 것이었다.

일을 깔끔하게 처리할 수 있는 자기통제력을 볼 수 있으며, 작업하면서 흐트러진 것들을 바로잡을 수 있는 규율, 그리고 자신이 맡은 일을 제 시간에 해내고서도 자리를 정돈할 시간이 남는 민첩성과 효율성을 볼 수 있었다.

또 스테이션이 깨끗하면 고된 서비스를 수행하는 데 필요한 맑은 정신도 가지고 있다는 것을 보여 준다.

즉, 스테이션을 깨끗하게 유지하는 요리사는 준비가 되었으며 '그곳에 있다'는 뜻이었다.

하지만 더러운 스테이션은 불길한 느낌을 주기 마련이었다.

도마를 바꾸고, 작업대를 닦고, 스푼워터를 새로 갈지 못하는 등 하던 일을 멈추고 정리할 시간이 없었다면 지금 그는 안 좋은 상태에 있다는 뜻이었다.

으레 쉽게 볼 수 있는 것들이었지만, 주방에서는 아주 중요한 부분이었다.

다행히 '르 베르나르댕'의 모든 스테이션은 깔끔했다.

아니, 깔끔하다 못해 과도할 정도로 빈틈이 없으며 있어야 할 것들도 잘 준비되어 있었다.

잘 접어 놓은 행주, 얼룩 하나 없는 작업대, 소금 통, 후추 통, 병목까지 채워 놓은 기름과 식초.

천재셰프
회귀하다

오후 서비스를 준비하기에 더할 나위 없이 완벽한 모습이었다.

'원래 주방은 오후가 되면 더 바쁜 법이지.'

파인다이닝은 보통 오후의 코스가 더 길었기 때문에 나가는 메뉴가 더 많았다.

모든 준비가 완료되고, 이윽고 사무실에서 나온 셰프가 요리사들을 한번 둘러본 뒤 셰프라는 것을 나타내는 긴 모자를 고쳐 쓰며 말했다.

"다들 준비는 됐겠지?"

"네, 셰프!"

요리사들이 일제히 셰프의 말에 대답했다.

마치 잘 정비된 군대와 같은 모습에 도진은 슬그머니 올라오는 기대감을 감출 수 없었다.

저녁 서비스가 시작된 '르 베르나르댕'은 그야말로 전쟁터를 방불케 할 정도로 바빴다.

요리사들의 움직임은 프린터기가 윙윙대며 주문서를 뽑아대는 만큼 바쁘게 움직였지만, 마치 기계와 같은 움직임으로 보일 정도로 깔끔하게 일을 처리해 나가고 있었다.

모두 자신의 스테이션을 잘 정비해 두었기 때문에 가능한 일이었다.

셰프는 패스의 프린터기 앞에 서서 주문서가 나오면 순서에 맞게 그것을 오더했다.

그러면 각 라인을 맡은 요리사들은 셰프의 오더에 따라 자신이 해야 할 요리를 해낸 뒤.

셰프의 옆에 선 수 셰프에게 요리를 전달했다.

그러면 수 셰프는 패스로 넘어온 뜨거운 팬을 전달받아 간을 잘되었는지, 질감과 온도는 어떤지 맛을 보며 요리의 품질을 관리했다.

광어가 차가우면 다시 돌려보내고, 진득한 소스가 덩어리져 있거나 막이 생기고, 수비드 간이 약하고, 순무가 뭉개져 있으면 다시 돌려보내는 것은 수 셰프의 몫이었다.

셰프는 모든 요리를 접시에 담는 것뿐 아니라 주문서를 관리하고 픽업을 그룹화하면서 요리가 나가는 흐름을 조절하고 있었다.

그 옆으로 수 셰프가 팬 위에 구워진 대구를 조용히 보냈다.

도진은 그 모습에 고개를 끄덕였다.

시선을 끌지 않고 조용히 요리를 되돌려 보내는 것은 생각보다 중요한 일이었다.

'잘못했다고 떠벌리듯 시끄럽게 돌려보내는 것을 셰프가 보면 어떻게 될지 안 봐도 뻔한 일이지.'

대부분의 수 셰프가 가장 무서워하는 것은 이 완벽하지 않은 요리가 셰프에게 전해졌을 때였다.

완벽하지 못한 요리를 본 셰프는 불같이 화낼 것이 분명했다.

그렇게 되면 분명 그 여파는 함께 일하는 다른 이들에게까지 미칠 게 분명했다.

그리고.

그보다 더 중요한 이유는 따로 있었다.

'만약 그대로 나갔다가 손님들이 돌려보내기라도 한다면……'

입맛은 제각기였고, 어떤 음식이 맛있고 맛이 없는지는 사람마다 판단의 기준이 다를 것이다.

그들이 맛있다고 느끼는 것은 취향과 호불호의 문제일 가능성이 컸다.

손님들이 이 음식을 어떻게 판단하는가는 그저 주방에서 할 수 있는 한 완벽한 상태로 만든 뒤, 그들의 판단에 맡길 뿐이었다.

하지만 만약 완벽하지 않은 상태의 음식이 손님의 앞에 나가게 된다면?

'주방의 흐름이 산산조각 나고 말거야.'

한 번 나간 음식이 주방에 다시 들어오면 그 결과는 믿을 수 없을 정도로 파괴적이었다.

대부분의 요리사들은 주방에 다시 들어온 음식들은 무엇이든 '리파이어(refire)'라고 불렀다.

다시 돌아온 음식은 보통 스토브나 오븐으로 들어가기 때문이다.

요리가 제대로 안 된 것이기 때문에 불 속으로 다시 들어갔다 나올 만큼의 조금의 시간이 더 필요했을 뿐이었다.

그러나 만약 같이 나간 음식들이 이미 테이블에 올라 음식을 되돌린 손님을 제외한 다른 손님들은 식사를 이어 가고 있다면.

이 요리를 처음 만든 사람이 이미 다른 픽업을 하고 있다면.

그야말로 난감한 상황이 되어 버리는 것이다.

심지어는 요리가 완성되어 나가면 주문서도 빼 버리기 때문에 무슨 주문이었는지 기억하기도 쉽지 않았다.

만약 다시 들어온 게 육류라면 그릴이나 오븐에서 한두 번더 뒤집으면 되는 일이었다.

하지만 너무 많이 익힌 거라면?

손님이 이미 몇 입 먹어서 접시에 다시 담을 수가 없다면?

아니면 다시 되살릴 수조차 없는 생선이라면?

이럴 때는 방법이 없었다.

그저 리파이어된 접시를 분석해 어떤 음식이었는지, 그리고 무엇이 부족했는지 해독하고, 그에 맞는 고기를 다시 굽고, 함께 오를 야채도 새 팬에 다시 구우며, 소스도 다시 데 워야 했다.

이미 요리하고 있던 것 중에 그것과 똑같은 메뉴가 있으면 그걸로 대체해서 빨리 처리해도 되지만, 그렇게 하면 결국 픽업이 늦어질 뿐이었다.

이런 과정은 이미 진행 중이던 픽업에 대해서도 영향을 미 치게 될 것이고, 그것이 좋지 않은 영향이라는 것은 말할 필 요도 없었다.

그것이 바로 수 셰프가 셰프의 손에 요리가 닿기 전에 완 벽하게 조리되었는지 확실히 확인해야만 하는 이유였다.

도진은 이내 끔찍한 상상을 한 사람처럼 몸을 부르르 떨었 다.

'한번 그렇게 꼬이기 시작하면 다시 흐름을 찾는 데 오래 걸리지.'

일어날 수 없는 끔찍한 상상이었다.

그러는 와중에도 주방에서는 끊임없이 요리를 하느라 생 기는 소음들이 울려 퍼졌다.

'르 베르나르댕'에서의 첫날은 그저 지켜보는 것뿐이었는 데도 순식간에 흘러갔다.

내내 벽에 붙어서 방해가 되지 않는 선에서 주방이 돌아가는 것을 지켜보던 도진은 모두가 마감하는 것을 도왔다.

"오늘 너무 정신없었겠다. 괜찮았어?"

"네, 내일이 기대가 되던걸요."

모르는 사람이 본다면 그저 뭘 해야 할지 몰라 멀뚱히 서 있었던 것이라고 생각할 수 있지만.

도진은 모두를 가장 잘 볼 수 있는 자리에 서서 그들이 요리를 하는 모습을 지켜보았다.

한 명씩 천천히, 그들이 어떤 요리를 어떻게 하는지, 그 움직임을 뜯어보고 있었던 것이다.

그렇기에 충분히 유익한 시간이었다고 자부할 수 있었다.

반면, 그런 사실을 모를 수밖에 없던 수 셰프는 도진의 그런 모습이 긍정적으로 비쳤는지, 껄껄 웃으며 도진의 등을 쳤다.

"아주 마음에 드는 마인드야. 앞으로도 그렇게만 하자고."

그리고 이내 갑작스러운 신입이었기 때문에 미처 교육을 할 준비도, 여력도 되지 않았다며 내일부터는 각오 단단히 하고 오라며 덧붙인 수 셰프의 말에 도진은 웃음을 터트렸다.

"물론이죠. 잘 부탁드립니다."

"그럼, 내일 보자고 다들."

하나둘씩 자신의 일을 끝낸 요리사들이 옷을 갈아입고 집으로 향했다.

천재셰프
회귀하다

도진은 함께 돌아가기로 한 루카스를 기다리며 잠시 주방을 둘러보았다.

마감을 끝낸 주방은 마치 사용한 적이 없었던 것처럼 흔적도 없이 깔끔한 모양을 하고 있었다.

그렇게 넓지도, 그렇다고 좁지도 않은 적당한 크기의 주방이었다.

아니, 어쩌면 저 밖의 홀에 앉는 손님들을 모두 쳐 내기에는 조금 좁을지도 몰랐다.

이 주방은 이렇게 30년을 버텨 왔다.

말하지 않으면 그렇게 오랜 시간이 흘렀다는 것을 알 수 없을 만큼 주방은 정돈되어 있었다.

그것이 이곳을 30년 동안 버티게 해 준 비결일지도 몰랐다.

'이제 내일부터는 정식으로 여기서 일하게 된다는 말이지.'

도진은 갑자기 두근거리는 마음에 설렘을 주체할 수 없어졌다.

마치 처음, 요리를 시작했던 그때가 떠오르는 기분이었다.

아무것도 모른 채 주방에 들어오고, 그렇게 몇 년, 또 몇 년이 흘러 자신의 가게를 차리게 되기까지.

많은 일들이 있었다.

그러니 이곳에서도 분명 많은 일들이 있을 터였다.

앞으로 과연 무슨 일들이 일어나게 될지 몰랐지만, 도진은 크게 심호흡을 하며 마음을 다잡았다.

'할 수 있다.'

무엇이든, 할 수 있다고 생각하며.

고개를 들어 다시금 주방의 전경을 눈에 담았다.

⊗

아침은 어김없이 찾아왔고, 도진은 설레는 마음으로 첫 출근을 했다.

루카스는 여전히 집에서 뻗어 있었다.

그는 오늘 오전에 크게 할 일이 없었기 때문에 그리 바쁘게 출근하지 않아도 됐다.

그래서 도진은 그가 조금 더 쉴 수 있도록 일부러 깨우지 않고 혼자 조용히 나오며 혀를 찼다.

'그러게 어제 조금만 마시라니까.'

루카스가 뻗어 있는 것은 피로 때문만은 아니었다.

바로 전날.

술을 들이붓듯이 마셨기 때문이다.

함께 일하게 될 다른 요리사들을 소개해 주겠다는 명목하에 술자리를 가진 그들 사이에서 유일하게 살아남은 것은 미성년자라 술을 마실 수 없었던 도진뿐이었다.

뻗어 있는 루카스를 위해 보온병에 꿀물을 타 메모를 남겨 둔 도진은 과연 다른 이들이 살아 있긴 할지 의문이었지만.

크게 신경 쓰지 않기로 했다.

살아남았든, 살아남지 않았든 그들은 제시간에 출근할 것이 분명했다.

그렇지 않으면 이곳에서 일할 수 없기 때문이다.

오전의 따뜻한 공기를 맞으며 하역장의 뒷문에 도착한 도진은 문 앞에 가득 쌓인 재료들을 감탄하며 바라보았다.

'이 많은 재료들을 주문했다는 건 그만큼 재료의 순환이 된다는 얘기고, 그건 아직까지도 르 베르나르댕의 위상이 높다는 것을 보여 주는 거겠지.'

다시 생각해도 자신이 이곳에 예약을 성공해 식사를 할 수 있었던 것은 행운이었다고 생각한 도진은 이내 레스토랑으로 들어서기 위해 문고리를 잡으려 했으나…….

갑자기 열리는 문에 쾅 하며 큰 소리가 날 정도로 부딪혀 이마를 부여잡고 아무 말도 잇지 못한 채 자리에 주저앉을 수밖에 없었다.

놀란 것은 도진도 마찬가지였지만, 도진보다 놀란 사람은 다름 아닌 문을 벌컥 연 사람.

도진이 들어오기 전까지 이곳에서 가장 막내였던 앤디였다.

앤디는 주저앉아 있는 도진을 보고 놀라며 다급히 도진을 따라 주저앉아 물었다.

"헉. 괜찮아요? 이마를 부딪힌 건가요? 제가 좀 더 주의
를 했어야 했는데 마음이 급해서 그만, 진짜 정말 너무 미안
해요!"

큰 덩치로 쭈그려 앉아 세상에서 가장 큰 죄를 저지른 것
처럼 싹싹 비는 앤디의 모습에 아픔과 동시에 웃음이 터진
도진은 이내 자리를 털고 일어나며 말했다.

"괜찮아요. 실수인데요, 뭐."

그렇게 말한 뒤, 손을 바지에 한번 쓱 닦고는 앤디를 향해
손을 내밀었다.

"반갑습니다. 한국에서 온 김도진입니다. 잘 부탁드려요."

"아! 저는 앤디예요! 노스캐롤라이나 출신이고, 도진이 들
어오기 전까지 가장 막내였죠. 일한 지는 이제 곧 반년이 다
되어 가고……."

도진의 손을 맞잡은 채 좋알거리면서 자신을 설명하던 앤
디는 한참을 더 얘기하더니 아차 하는 표정으로 손을 놓고
머쓱하게 뒷머리를 쓸었다.

"죄송해요. 제가 말이 너무 많았죠? 저보다 밑으로 사람이
들어온 건 처음이라 조금 신났나 봐요."

어색한 미소를 지으며 말하는 그의 모습은 그야말로 후배
가 생긴다는 것에 신난 모습 그 자체였다.

분명 어제 도진을 소개받고 난 뒤로 퇴근해서 집에 들어가

서도 처음으로 생긴 자신의 후배에게 무엇을 알려 줘야 할지, 어떻게 해야 주방에서 살아남을 수 있을지 얘기해 주려고 자신이 알고 있고 경험한 모든 것들을 다시금 회상했을 게 분명했다.

선배로서 콧대를 높이고 주름을 잡을 생각도 있었을 게 분명했다.

하지만 앤디는 알고 있을까.

도진은 그렇게 호락호락한 후배가 아니라는 것을.

앤디의 말에 도진은 미소를 지으며 말했다.

"괜찮아요. 친해지고 좋죠. 그럼, 우선 이거부터 같이 옮길까요?"

"아, 네 좋아요!"

앤디에게 일을 지시하는 도진의 모습은 매우 자연스럽다 못해 당연한 것처럼 보였다.

하지만 정작 당사자인 앤디는 그런 것은 전혀 눈치채지 못한 듯.

어쩌다 요리를 시작하게 된 건지, 무슨 음식을 제일 좋아하는지 같은 시시콜콜한 물음을 던질 뿐이었다.

___

출근하자마자 앤디와 함께 바깥에 있던 재료들을 모두 안으로 옮긴 도진은 이내 옷을 갈아입고 주방으로 나왔다.

그사이에도 앤디는 어찌나 할 말이 많은지 그 큰 덩치에 어울리지 않게 끊임없이 조잘거리며 도진에게 질문을 던져 댔다.

"도진은 가장 처음 한 요리가 뭐였나요?"

"어째서 요리사가 되고 싶다고 생각한 거예요?"

"제일 자신 있는 요리 장르는 무엇인가요?"

"언제부터 요리를 배운 거예요?"

자신의 경력에 대해 알지 못했던 앤디는 도진이 이제 요리를 배우다 이제 막 실전에 투입이 된 것이라고 착각하고 있는 듯했다.

굳이 그런 착각을 정정하지 않은 도진은 앤디의 질문에 하나하나 대답해 주다가 결국 참지 못하고 물었다.

"앤디는 어떻게 그렇게 궁금한 게 많아요?"

"오, 그럼 당연히 궁금하죠! 제 후배인데!"

마치 다섯 살배기 조카처럼 끊임없이 질문을 던지는 앤디의 모습에 도진은 두 손 두 발을 다 들 수밖에 없었다.

"그래요. 내가 졌어요. 더 궁금한 건 없어요?"

양손을 들며 말하는 도진의 모습에 앤디가 문득 궁금한 게 떠올랐다며 입을 열었다.

"도진, 그런데 혹시……."

거침없이 질문하던 이전과는 다르게 어쩐지 조심스러운

듯한 그의 모습에 도진이 고개를 갸웃하며 되물었다.

"뭔데요?"

"혹시, 북한에서 온 건 아니죠?"

진심으로 긴장한 듯한 표정으로 물어보는 앤디의 모습에 도진은 웃음이 터질 뻔했다.

'크흠' 하는 소리와 함께 목을 가다듬는 척하며 겨우 웃음을 참아 낸 도진은 일부러 무표정하게 그를 빤히 바라보았다.

대답하지 않는 도진의 모습에 더 불안해진 듯 앤디가 대답을 재촉했다.

"아니죠? 아닌가? 혹시 그럼……?"

"그게……."

앤디는 도진이 입을 열자 한껏 집중한 표정으로 도진의 말이 이어지기를 기다렸다.

솔직하게 말해 주려던 도진은 그 모습에 괜히 장난기가 더 올라와 슬쩍 입꼬리를 올렸다.

그리곤 하려던 말과는 정반대의 말을 꺼냈다.

"그렇게 티가 나요? 어떻게 안 거지."

도진은 한쪽 입꼬리를 올리고 턱을 쓸며 말을 덧붙였다.

"이건 앤디만 알고 있어야 해요. 알겠죠?"

"알겠습, 아니 알겠어요. 물론이죠! 저 비밀 잘 지켜요!"

다급히 대답하다 혀를 깨문 앤디는 그 아픔은 느껴지지도 않은 듯했다.

그저 비릿한 미소를 짓는 도진의 모습에 앤디는 어쩐지 구부정하게 있던 몸을 펴고, 바른 자세를 하며 자신이 말실수한 게 없는지 다시금 생각하기 바빴다.

도진은 잔뜩 긴장해 있는 앤디의 모습에 결국 참지 못하고 웃음을 터트리는 수밖에 없었다.

"사실 거짓말이에요. 저는 남한에서 왔어요. 그러니 그렇게 무서워하지 말아요."

그제야 긴장하고 있던 앤디는 얼이 빠진 얼굴로 도진을 바라보며 원망 섞인 말을 내뱉었다.

"아, 뭐예요! 진짜. 혹시 저 실수한 거 없는지 잔뜩 쫄아 있었잖아요!"

입술을 삐죽이며 말하는 앤디의 모습은 영락없는 막내의 모습이었다.

앤디는 시간이 지날수록 무언가 잘못된 것을 느꼈다.

'분명 멋진 선배가 되어야지 마음먹었는데.'

어디서부터 잘못된 것인지 알 수 없었다.

모두의 앞에서 도진을 소개받을 때, 앤디는 드디어 '나에게도 후배가 생기는구나'라는 생각에 두근거리는 마음을 숨길 수 없었다.

그런데 이게 웬걸.

첫인상과는 다르게, 도진은 만만치 않은 후배였다.

자신을 놀려 먹는 것은 물론이었고.

"이건 어디에 둬야 하냐면⋯⋯."

"아, 알아요. 저쪽 냉동고 맞죠?"

언제 다 외웠는지 알려 주지 않았는데도 물건들을 척척 정리하는 것은 너무 익숙한 움직임이라 자칫하면 도진이 이곳에서 오랫동안 함께 일한 동료라고 착각할 정도였다.

앤디는 선배로서의 위상을 보여 주겠다며 재료들을 어떻게 정리하는지 보여 주겠다고 말하려 했지만.

"냉장고 보니까 이런 식으로 정리되어 있던데, 이렇게 소분해서 선입선출하면 될까요?"

도진은 어떻게 안 것인지 이미 자신들이 정리하고 있는 방식으로 재료를 손질해 나눠 담고 있었다.

그 모습에 앤디는 입을 떡 벌리고 놀라는 것밖에는 할 수 있는 게 없었다.

심지어는 어느새 오전 프랩을 담당하는 스즈키와도 말을 트더니 자기들끼리 말을 주고받는데, 앤디로서는 그게 한국어인지 일본어인지 도저히 알 길이 없었다.

어쩐지 소외감을 느낀 앤디는 일부러 더 바쁘게 움직이는 척을 하며 도진에게 이것저것을 시켰지만, 도진은 그때마다 너무나도 능숙하게 일을 처리한 뒤.

또 다른 일을 알아서 하며 '이렇게 하는 것이 맞는지.' 물어보기까지 했다.

완벽하기 그지없는 모습에 결국 앤디는 인정할 수밖에 없었다.

"도진, 솔직히 말해 봐요. 파인다이닝에서 일하는 게 이번이 처음이 아니죠?"

"맞아요. 사실 한국에서도 파인다이닝에서 일했었어요."

도진의 말에 앤디는 놀라며 물었다.

"정말요? 도대체 언제부터요?"

"그렇게 오래된 건 아니에요. 일 년 조금 넘게?"

미소를 지으며 말하는 도진의 모습에 앤디는 완전히 속은 기분이 되었다.

"저는 이곳에서 일한 게 다인데, 저보다 선배였네요."

시무룩해진 앤디의 모습에 도진이 그를 달래기 위해 어깨를 토닥이며 말했다.

"그래도 이런 곳이 첫 직장이라니 그건 정말 대단한 일이잖아요. 자랑스럽게 생각하도록 해요, 앤디."

"맞아요. 미슐랭 쓰리 스타에서 일한다는 건 영광이죠."

금세 기운을 차린 앤디의 모습에 도진은 말을 아끼기로 했다.

미국에 오기 전 한국의 파인다이닝에서 일했다는 도진의 말속에, 사실은 헤드 셰프였다는 사실이 숨겨져 있다는 것을 앤디가 알게 된다면.

더욱 시무룩해질 앤디를 달랠 수 없을 것 같다는 판단이었다.

⚜

바쁜 오픈 전 준비를 모두 끝낸 뒤.

서비스 전 미팅 시간이 되기까지 마지막 30분 동안 주변을 정리하며 다른 이들이 하는 일들을 바라보았다.

그리고 드디어 미팅 시간.

수 셰프는 앞서 오늘의 중요한 일들을 공지했고, 도진에게는 오늘 일하게 될 파트를 배정해 주었다.

"도진은 콜드 섹션의 샐러드를 만들도록 해요. 오늘은 데이비드가 옆에서 보조하도록 할 테니 모르는 게 있으면 그에게 물어보고요."

그의 말에 도진은 우렁차게 '네, 알겠습니다!'라며 대답했다.

몇 개의 공지를 더 마친 수 셰프는 이윽고 요리사들을 향해 말했다.

"이제 일은 다 마쳤으니, 다들 가서 잠깐 쉬도록 해. 서비스 시작 전에 여기 패스 세팅하는 거 잊지 말고."

그렇게 말한 수 셰프는 누구보다 빠르게 하역장으로 통하는 뒷문으로 사라졌고.

콜드 섹션에 우두커니 서 있는 도진에게 다가온 것은 다름 아닌 오늘 도진과 함께 일하게 될 데이비드이었다.

"반가워. 도진. 누가 봐도 내가 연상이니 편하게 할게?"

능글맞게 말을 편하게 해 버리는 데이비드는 살짝 탄 구릿빛 피부에 살짝 곱슬곱슬한 긴 머리카락을 꽁지머리로 묶고 있었다.

그는 보통 자주 나가는 메뉴들에 대해 얘기하며 콜드 섹션에 준비되어 있는 것들을 하나하나 설명해 주었다.

"보통 차갑게 유지해야 하는 재료들은 여기에 담겨 있고, 여기 없으면 아래의 냉장고에 있어. 그리고 이쪽에는……."

그의 설명은 그리 길게 이어지지 않았다.

"뭐, 어차피 이렇게 말해 봤자 잘 모를 테니까 이따 오더 들어오면 하나씩 알려 줄게."

쉬는 시간은 그리 길지 않았다.

오픈 전 10분이 달콤한 휴식이 끝나자, 요리사들은 모두 각자의 자리로 돌아왔다.

모두 각자의 자리를 재정비한 뒤 그 자리에 선 요리사들은 어쩐지 긴장감에 사로잡힌 모습이었다.

뭔가 중대한 일이 일어날 것 같은 그런 생각에 사로잡힌 듯했다.

심지어는 능글맞고 여유로워 보이던 데이비드마저도.

도진은 그런 그들의 모습을 보며 자신이 정말 이곳에 속해 있다는 것을 느낄 수 있었다.

어쩐지 유독 긴장한 듯한 데이비드의 모습에 도진이 조심스럽게 물었다.

"왜 그렇게 긴장해 있어요?"

그 물음에 데이비드가 잠시 고민하다 이내 솔직하게 대답했다.

"오늘 느낌이 영 좋지 않아."

잠시 주변의 라인 쿡들을 둘러본 그는 이내 말을 덧붙였다.

"모두 느끼고 있는 것 같은데, 가끔 우리는 이렇게 촉이 올 때가 있지."

"네? 촉이요? 무슨……?"

도진의 의아한 물음에 데이비드가 씁쓸한 미소를 지으며 대답했다.

"오늘이 운명이 영 사나울 것 같다는 느낌?"

그리고 서비스가 시작되자 도진은 이내.

데이비드의 말뜻을 이해할 수 있었다.

모든 라인 쿡들은 *미즈 앙 플라스(*miss en place:식사 준비에 따르는 사전 준비를 미리 마무리하여 내놓는 것을 뜻하는 프랑스어)가 충분히 준비되어 있는지 남몰래 걱정하곤 한다.

충분히 준비되어 있지 않을 경우엔 조마조마할 뿐이었다.

그리고 이런 불안한 축이 생길 땐 누구의 스테이션이 제일 힘들어질지도 궁금해했다.

손님들이 어떤 요리를 좋아할지 모를 일이었기 때문에 쉬이 추측할 수 없는 상황이었다.

코스만 주문을 받는 것이 아니었기 때문에, 혹시나 단품으로 추가 주문을 받거나, 바에서 손님이 단품 메뉴를 와르르 시키기라도 한다면.

어쩌면 주문이 한 곳으로 몰려 해당 스테이션의 요리사가 심각한 곤경에 빠질지도 몰랐다.

마치 지금처럼.

생선의 조리를 담당하는 루카스는 오늘 그야말로 죽을 맛이 따로 없었다.

전날 도진의 환영회를 핑계로 술을 왕창 마신 탓에 오늘 아침까지 컨디션이 쉽게 돌아오지 않았다.

하지만 그런 것을 셰프에게 말한다고 상황은 해결되지 않았다.

그저 자신의 컨디션 하나 제대로 관리하지 못한 모지리 소리를 들을 뿐이었다.

어떻게 겨우겨우 오픈 후 첫 서비스 타임은 힘겹게 모두

쳐 낼 수 있었다.

하지만 문제는 그다음 타임이었다.

'우읍, 토할 것 같아.'

연어 *베이스팅(*Basting:녹인 버터나 지방으로 음식물을 요리하며 스
푼으로 고기나 음식물에 지방을 끼얹어 음식물이 마르는 것을 방지하는 일)을
하던 그는 도저히 참을 수 없이 올라오는 울렁거림에 다급히
싱크대로 달려갔다.

그리고 이내 저 아래서부터 올라오는 위액과 음식물을 싱
크대에 모두 쏟아 버린 뒤, 입안을 한번 헹구고서야 겨우 정
신을 차릴 수 있었다.

'연어!'

여유롭게 입이나 헹구고 있을 게 아니었다는 것을 깨달은
루카스는 다급히 자신이 굽고 있던 연어를 확인해야 한다는
생각에 사로잡혔다.

분명 다 타고 있을 게 분명하다는 생각이었다.

그리고 그와 동시에 의문이 들었다.

'왜, 셰프가 화내지 않지?'

그 의문은 자신의 섹션에 서 있는 도진을 확인하고는 납득
할 수 있었다.

도진은 여유로운 손길로 베이스팅을 하며 연어의 상태를
체크했고.

이내 완성된 듯 자연스러운 몸짓으로 수 셰프에게 팬을 넘

긴 뒤.

다시금 자신의 파트였던 콜드 섹션으로 돌아갔다.

그 일련의 과정들을 가만히 서서 모두 지켜볼 수밖에 없던 루카스는 조용하고 낮게 감탄할 수밖에 없었다.

'뭐야, 도진은 혹시 날 구원해 주러 온 건가?'

루카스의 눈에 비친 도진의 뒷모습에서 어쩐지 날개가 보이는 듯한 기분이 들었다.

모두가 바쁜 틈을 타

쉬지 않고 윙윙거리며 주문서를 뽑아 대는 프린터기 소리에 도진은 셰프가 서 있는 패스를 힐끔거렸다.

셰프는 패스 앞에 서서 길게 늘어진 주문서를 정리하고 있었다.

등을 곧추세우고, 다리를 넓게 벌린 셰프의 모습은 볼썽사납기까지 했지만, 도진은 셰프인 그가 그렇게 서 있는 이유를 어림짐작할 수 있었다.

'키가 크니, 저렇게 서 있는 게 허리의 피로를 최소화할 수 있겠지.'

다리를 어깨 넓이만큼, 혹은 그보다 더 많이 벌리고 서 있으면 테이블 위의 무언가를 집으려고 허리를 구부릴 필요가 없었다.

　무게의 중심도 낮아지고 손과 눈도 목표물에 더 가까워진다.

　그뿐 아니었다.

　다리를 넓게 벌리고 있으면 다른 사람이 그의 작업 공간에 너무 가깝게 오지 못했다.

　다른 사람이 조명을 가리지 못하도록, 허브와 양념을 집는 섬세한 손길을 방해하지 못하도록 하는 것이었다.

　셰프는 다시금 프린트되는 주문서를 읽기 시작했다.

　"주문……."

　셰프가 모두에게 이렇게 주문서를 읽어 주는 이유는 간단했다.

　요리가 나가는 속도를 맞추기 위해서였다.

　패스에서 프린트된 주문서는 해당 테이블에서 주문한 모든 요리가 적혀 있지만, 각 섹션에서 프린트되는 주문서에는 해당 스테이션과 관련된 메뉴만 출력되도록 프로그램되어 있었다.

　따라서 요리사들은 여러 개의 메뉴 사이사이를 일일이 확인할 필요 없이 자신이 만들어야 할 메뉴만 볼 수 있었다.

　하지만 그렇게 되면 다른 파트를 맡고 있는 이들이 무슨 요리를 만들어야 하는지 모르기 때문에, 셰프가 주문서를 읽어 주어 다른 이들이 어떤 요리를 만드는지 알려 주는 것이다.

이런 방식을 통해서 5분이 걸리는 생선 요리가 10분이 걸리는 스테이크와 함께 나가야 한다는 것을 요리사들이 알게 되고, 생선을 맡은 요리사는 곧바로 요리를 시작하지 않고 기다리게 되는 것이었다.

만약 데이비드가 담당하는 샐러드의 주문이 대량으로 들어온다면 생선과 스테이크를 담당하는 요리사들은 둘 다 아무것도 시작하지 않을 것이다.

지금처럼.

코스의 앞부분인 전채 요리에 해당하는 샐러드를 만드는 것은 그리 오래 걸리는 일은 아니었다.

미리 준비해 둔 재료들을 접시에 모양을 갖춰 올리기만 하면 되는 일이었다.

완벽한 모양을 잡은 뒤 패스로 넘기면 셰프가 한 번 더 확인한 뒤 테이블로 나가는 식이었다.

첫 주문에서 데이비드는 시범 삼아 샐러드를 만들며 도진에게 어떻게 해야 하는지 보여 주었다.

"자, 이렇게 보울에서 훈제 연어와 잣, 아보카도, 다진 양파를 버무린 다음에 접시에 루꼴라를 깔고 그 위에 동그란 틀을 올려 버무린 훈제 연어를 올리면 돼. 그 위로 부리타 치즈을 얹고 주변으로 청포도와 포도를 둘러 준 뒤에 그 위로 잘게 부순 구운 베이컨을 뿌리고……."

도진은 그의 빠른 손놀림을 놓치지 않기 위해 집중했다.

훈제연어를 버무릴 때 들어가는 재료들은 몇 그램이고, 소스는 얼마나 넣어야 하는지.

그리고 루꼴라는 어느 정도를 깔아야 하며 토마토와 청포도는 몇 개를 얹어야 하는지.

막 주방에 들어와 이렇게 처음부터 스테이션에서 근무를 할 수 있는 것은 행운이었다.

도진의 경력을 알고 있던 셰프 브라이언이 배려해 준 게 틀림없었다.

그 배려에 답하기 위해 도진은 데이비드가 설명하는 것을 하나도 놓치지 않기 위해 노력했다.

'이 정도면 쉽게 할 수 있지.'

그리 어렵지 않은 레시피에 도진은 고개를 끄덕였다.

물론 데이비드의 친절한 설명이 한몫해 준 것은 두말할 필요도 없었다.

하지만 그것도 잠시.

도진은 데이비드가 불안하다고 했던 말을 이해할 수 있었다.

"주문!"

셰프의 말에 모두의 관심이 집중되었다.

'주문'이라는 말은 일종의 신호와 마찬가지였다.

그렇게 해야만 바쁜 요리사들이 자신과 상관없거나 중요

하지 않은 것들을 새롭게 들어온 업무와 구분할 수 있었다.

도진도 셰프의 목소리에 귀를 기울였다.

'첫 번째 코스는'이라고 말한 셰프가 아뮤즈 부쉬를 읽어 주었다.

거기까지는 문제가 되지 않았다.

하지만 '그다음에'라며 읽어 준 전채 요리가 문제였다.

두세 개의 메뉴 중 고를 수 있는 전채 요리였는데 어째서 인지 이번 테이블과 다음 테이블에서 반 이상이 샐러드를 주 문한 것이었다.

그뿐 아니라 바에서까지 단품으로 샐러드를 시켰다는 주 문서가 뽑히자, 한 번에 주문이 여러 개가 몰린 상황에 데이 비드는 정신을 차릴 수 없었다.

데이비드의 머릿속에는 오로지 지금 빠르게 주문을 쳐 내 는 게 우선이 되었다.

도진의 교육은 뒷전이라는 뜻이었다.

그는 도진에게 눈길조차 주지 않고 샐러드를 세팅하는 데 집중하며 말했다.

"일단 이 주문 먼저 빠르게 쳐 내는 게 우선이겠어. 이제 막 시작이니 내가 하는 걸 한 번 더 보면서 복습해 볼래?"

그리 어려운 작업은 아니었지만, 모양이 흐트러지면 셰프 가 화낼 것이 분명했기 때문에 빠르지만 정교하고 섬세하게 작업을 해야 함이 분명했다.

데이비드가 먼저 나가야 하는 두 개의 샐러드를 먼저 세팅하기 위해 훈제 연어를 버무리는 사이.

도진은 다급해 보이는 그의 모습에 잠시 고민하다 접시를 꺼내 루꼴라를 세팅해 그에게 접시를 밀어 주었다.

데이비드는 그에 '고맙다.'는 인사를 건네며 틀을 올려 버무린 훈제 연어를 올렸고.

도진은 그 모습을 보며 미리 청포도와 토마토를 꺼내 그 옆에 준비해 주었다.

세팅은 순식간에 정리되었고, 데이비드는 총 여덟 개의 주문을 한꺼번에 쳐 내면서도 전혀 힘들지 않았던 것 같은 기분에 고개를 갸웃하다 이내 깨달은 듯 도진을 향해 말했다.

"세팅이 원래 이렇게 빨라? 전혀 위화감이 없어서 생각지도 못했네!"

한꺼번에 몰린 주문을 자신 덕분에 너무 쉽게 처리했다고 말하는 데이비드의 모습에 도진이 씩 웃으며 말했다.

"이 정도야 쉽죠."

"다음엔 도진이 혼자 만들어도 될 것 같은걸? 다음 오더는 혼자 만들어 보고 옆에서 내가 체크해 줄게."

그 말에 고개를 끄덕이며 알겠다고 답한 도진은 이내 데이비드가 더 이상 알려 줄 게 없다고 말할 정도로 능숙하게 혼자서 주문을 쳐 낼 수 있었다.

그렇게 흐름을 탄 도진이 빠른 손으로 자신이 담당한 콜드 섹션의 샐러드를 만들어 내는 사이.

뒤쪽에서 '쿠당탕!' 하는 소리에 뒤를 돌아본 도진은 다급히 싱크대로 달려가는 루카스를 볼 수 있었다.

도진은 그의 뒷모습과 불 위에 올라가 있는 팬을 번갈아 보며 잠시 고민하다가, 이내 모자란 재료들을 채우고 있는 데이비드를 향해 말했다.

"데이비드, 혹시 잠깐 자리를 비워도 되나요?"

"지금 샐러드 주문은 없으니 상관없긴 한데, 무슨 일인 데?"

도진은 루카스가 남기고 간 불 위에 올라가 있는 팬을 바라보며 말했다.

"저기 불 위에 올라가 있는 연어, 아무래도 저대로 두면 안 될 것 같아서요."

데이비드는 그 말에 도진의 시선이 향한 곳으로 고개를 돌렸고.

이내 요리사 없이 덩그러니 불 위에 올라가 있는 팬을 확인할 수 있었다.

"그냥 저대로 놔두는 게 어때? 괜히 잘못 만들었다가 도진만 독박을 쓸 수도 있어. 어차피 연어 스테이크는 그리 오래 걸리지도 않고."

"그래도 아직 상황을 눈치챈 사람은 저랑 데이비드 그리고 저기 설거지를 담당하던 분밖에 없는 것 같은걸요."

데이비드는 짐짓 못마땅하다는 표정을 지었지만 결국 고개를 끄덕일 수밖에 없었다.

"그렇게까지 말한다면 어쩔 수 없지. 대신 나는 모르는 일이야."

"물론이죠."

도진은 곧장 루카스가 서 있던 자리로 가 팬을 잡고 연어의 상태를 확인하기 시작했다.

그리고 그 모습을 모두 지켜보던 이가 있었으니, 바로 수셰프 스테판이었다.

한창 바쁘고 정신없는 주방이었지만, 다행히도 모두 자신의 역할을 잘해 주고 있었다.

덕분에 스테판은 안정적인 흐름에 만족하며 미소를 지을 수 있었다.

생선을 담당하는 루카스가 싱크대 앞에서 자신의 속을 게워 내는 것을 발견하기 전까지는.

'저 녀석이 지금 뭘 하는 거야?'

시작 전부터 창백하니 영 얼굴색이 좋아 보이지 않았던 루카스였다.

스테판은 그런 그에게 '괜찮냐.'며 물어봤지만, '물론이죠.

할 수 있어요.'라며 말한 루카스의 대답에 떨떠름하게 고개를 끄덕였던 그 순간을 후회했다.

믿을 수 없는 대답이었지만, 만약 그의 상태를 해결하기 위한 대안은 루카스를 집에 보내고 자신이 스테이션으로 들어가는 것뿐이었는데⋯⋯

그렇게 하기는 싫었다.

스테이션에서 일하는 것은 힘들었기 때문이다.

패스에서 셰프의 옆에 서서 일하는 것이 훨씬 편한 것은 물론이고, 음식을 담는 스킬을 연습하는 것이 스테판에게는 더욱더 급선무였다.

그 일은 재밌기도 했지만, 자신이 발전하기 위해서는 꼭 필요한 일이었다.

그렇기에 별다른 말이 없던 루카스의 모습에 '그렇게 힘들었으면 조퇴한다고 했겠지.'라고 생각하며 그의 상태를 지켜보겠다고 판단했던 것이었는데.

싱크대에 고개를 처박다시피 하고 토를 하는 루카스의 모습에 한숨을 푹 내쉬었다.

'셰프한테 한 소리 듣겠군.'

그러고는 자신이 팬을 잡기 위해 몸을 돌려 루카스의 자리를 확인한 스테판은 눈을 비비고는 한 번 더 그곳을 바라보았다.

그리고 눈을 크게 뜰 수밖에 없었다.

비어 있어야 할 자리에는 생각지도 못한 인물이 서 있었기 때문이다.

'도진? 저기서 뭘 하는 거지?'

그는 도진의 움직임을 살폈다.

도진은 마치 자신이 원래부터 하고 있었던 일처럼 자연스럽게 팬을 잡고 뜨거운 버터 위에서 익어 가는 연어의 상태를 살피더니.

이내 베이스팅을 하기 시작했다.

유려한 그의 움직임에 놀라는 것도 잠시.

알려 준 적이 없는 게 분명할 텐데, 적절한 양의 후추와 허브를 넣고 베이스팅을 이어 가는 도진의 모습에 스테판은 놀라 입을 떡 벌릴 수밖에 없었다.

'뭐야, 뭐가 언제 들어가는지 어떻게 알고 있는 거야? 혹시 누가 나 몰래 알려 주기라도 했나?'

그리고 이내 도진이 완성된 연어 스테이크를 자신에게 가지고 왔을 때는 더욱 놀랄 수밖에 없었다.

"수 셰프님, 확인해 주시겠어요?"

그렇게 말하면서 도진이 내민 팬을 확인한 스테판은 놀랄 수밖에 없었다.

팬 위의 연어 스테이크는 완벽했다.

바싹하게 구워진 껍질은 물론이고 겉 부분 또한 촉촉해 보였다.

하지만 그것만으로는 쉽게 판단할 수 없었다.

도진의 실력에 대해서 가늠할 수 없었기 때문이다.

스테판은 도진에게 팬을 받아 들고는 '잠시.'라는 말과 함께 거침없이 연어를 반으로 갈랐다.

그러자 보인 것은 완벽한 비율로 익은 연어의 모습이었다.

잠시나마 도진을 의심했던 스테판은 결국 도진에게 사과를 할 수밖에 없었다.

"미안합니다."

그리고 동시에 질문할 수밖에 없었다.

"그런데 혹시 루카스가 연어를 굽는 레시피를 알려 준 것은 아니겠죠?"

"그럴 리가요."

도진의 대답에도 스테판의 얼굴에 떠오른 조그마한 의혹은 쉽게 사그라지지 않았고, 결국 그는 다시 한번 도진을 향해 물었다.

"그럼 어떻게 한 거죠?"

⚓

루카스가 다급히 속을 게워 내려 간 사이.

비어 있는 그의 자리를 채운 도진은 곧장 연어 스테이크의 상태를 확인했다.

다행히 막 익히기 시작한 듯 껍질이 바삭하게 구워지는 소리가 귓가를 간지럽혔다.

도진은 안도의 한숨을 내쉬었다.

'다행이군. 이대로 익히면 될 것 같아.'

뜨겁게 달궈진 팬 위에서 연어가 고소한 냄새를 풍기며 익어 가고 있었다.

도진은 익어 가는 연어를 보며 자신이 잘하고 있는 게 맞는지 생각에 잠겼다.

보통 이렇게 갑작스럽게 빈자리가 생기면 요리사들이 서로 돕는 일은 흔했다.

하지만 자신은 기껏 해 봐야 이제 막 일을 시작한 말단이었다.

데이비드의 말처럼 그대로 두는 것이 나을 수도 있었다.

'그렇지만…….'

어떻게 요리해야 하는지 이미 알고 있었는데도 불구하고 그대로 놔둘 수는 없었다.

욕을 먹더라도 일단 하고 보는 게 낫다는 생각이었다.

연어의 껍질이 적당히 익은 것을 확인한 도진은 베이스팅을 하며 마무리를 시작했고.

이내.

"확인해 주시겠어요?"

알맞게 구워진 연어를 스테판에게 내밀었을 때.

천재셰프
회귀하다

반으로 짓이겨지는 연어를 보며 '역시나'라는 생각을 할 수밖에 없었다.

'이제 막 주방에 들어온 꼬미가 구운 연어는 믿기 힘들 수밖에 없지.'

수 셰프인 스테판의 행동이 이해되면서도 팬 위에서 으깨진 연어를 보니 기분이 묘해진 도진은 씁쓸한 미소를 지었다.

하지만, "미안합니다."라며 사과하는 수 셰프의 말에 눈을 크게 떴다.

그의 위치라면 분명 그럴 수 있을 만한 일이었다고 생각했기 때문이었다.

그도 그럴 것이.

스테판이 한 일은 수 셰프로서 해야 할 일을 한 것뿐이었다.

모든 요리를 접시에 담는 것뿐 아니라 주문서를 관리하고 픽업을 그룹화해서 테이블에 요리가 나가는 흐름을 조절하는 것은 셰프가 할 일이었다.

스테판이 하는 일은 그런 셰프에게 완벽한 요리를 건네는 일이었다.

대부분의 셰프는 패스 앞에서 그 어느 때보다 예민했다.

만약 완벽하지 않은 상태의 요리가 그의 손에 닿는다면 셰프는 화를 낼 게 분명했고, 그것은 다른 이들에게 영향이 갈 수밖에 없을 것이다.

그뿐 아니라 스테판이 도진의 요리를 확인한 이유 중 가장 큰 이유는 손님에게 완벽한 상태의 음식을 내기 위함이 틀림없었다.

많은 사람이 '음식은 이래야 한다, 저래야 한다.'는 생각을 가지고 있지만, 무엇이 제일 잘 만든 요리이고 그 이유가 뭔지 아는 사람은 별로 없었다.

그만큼 개개인의 의견이 모두 다르기에 모든 요리가 완벽한, 그리고 같은 퀄리티로 나와야 했다.

만약 자신이 손님으로서 식당에 갔다고 생각해 보자.

그런데 어느 날에는 천상의 맛이라 불러도 손색이 없는 음식이 나와 행복한 미소를 짓고 있었는데, 다음 날 가 보니 지옥의 맛이나 다름없는 것이 나왔다면 어떨까.

기분이 구겨지지 않겠는가?

반대로 자신은 구더기가 기어가도 이상하지 않을 정도의 음식을 받는 데 반해, 다른 이들은 환상적인 맛을 자랑하는 디시를 받았다면?

그 어느 쪽이든 좋은 방향성은 아니다.

셰프란 손님들을 차별하지 않아야 한다.

그저, 있는 그대로, 자신의 실력을 아낌없이 담아 최고의 음식을 손님에게 내놓는 것.

그것만이 셰프의 일이었고.

셰프의 노력에도 불구하고 리파이어가 돌아왔을 때.

당연하게도 셰프의 입장에선 많은 생각이 들 수밖에 없다.

조리 과정의 문제일지에 대해 생각하는 셰프가 있는가 한편, 자신의 실력에 대해 생각하는 셰프도 있다.

그리고 이러한 일을 줄이는 것은 언제나 수셰프의 역할이다.

셰프가 등을 맡길 수 있는 유일한 존재이니만큼, 음식이 나가기 전 그의 앞에서 확인이 떨어져야 손님에게 나가니까.

때문에 스테판의 역할은 클 수밖에 없었다.

그리고 그런 스테판이 보기에 도진은 그저 꼬미다.

대개 실수를 밥 먹듯 저지르는 이들의 모습을 봐 왔으니, 당연하게도 불안감은 클 수밖에 없으리라 생각했고.

때문에 스테판이 이렇게 날카롭게 나오는 것은 충분한 예상 범위 안에서 벌어진 일이었기에 음식이 망가진 것은 별로 타격이 없었으나.

설마하니 이렇게 사과를 받을 줄 몰랐던 도진은 어쩐지 인정받은 듯한 기분에 미소를 지었다.

그리고 이내 이어지는 스테판의 질문에 조금 난감한 표정을 지을 수밖에 없었다.

"어떻게 한 거죠?"

도진은 잠시 멈칫하며 어떻게 대답해야 할지 고민했다.

어제 하루 종일 서서 관찰하며 레시피를 익혔다는 것을 과연 믿어 줄지 의문이었기 때문이다.

그러나 루카스가 레시피를 알려 줬다고 할 수도 없는 노릇이었던 도진은 결국 솔직하게 그에게 대답할 수밖에 없었다.

"어제 루카스가 요리하는 모습을 보고 어깨너머로 레시피를 익혔습니다."

그 말에 스테판은 놀란 듯 눈을 크게 뜨더니 이내 고개를 끄덕이며 말했다.

"일단 알겠습니다. 그럼 우선, 연어 스테이크 하나 더 다시 해 주겠습니까?"

"네, 알겠습니다."

도진은 고개를 끄덕이고 곧장 새로운 팬을 꺼내 스토브 위에서 달군 뒤.

다시금 연어를 올려 이번에는 처음부터 요리를 시작했다.

그리고 스테판은 그 모습을 유심히 지켜보았다.

⚓

스테판은 도진의 대답을 쉬이 믿을 수는 없었지만, 딱히 반박할 수는 없었다.

'그래, 연어 스테이크를 굽는 정도야 경력이 있으니 할 수 있지.'

자신이 이미 으깨 버린 연어를 손님의 테이블에 낼 수는

없으니, 도진에게 다시 한번 조리를 부탁한 스테판은 이번에
야말로 확실히 그의 실력을 알 수 있을 것이라고 생각했다.

한 번은 우연히 할 수 있지만, 두 번째도 완벽하게 해낸다
면 그건 정말로 인정할 수밖에 없는 실력이었다.

그러는 사이.

셰프가 스테판에게 물었다.

"연어는 아직인가?"

"4분 정도 걸릴 것 같습니다."

"4분?"

스테판의 말에 셰프는 미간을 찌푸리며 물었다.

"왜지?"

"그게……."

스테판은 셰프에게 어떻게 된 일인지에 대해 설명하기 시
작했고, 그 말을 들은 셰프는 혀를 차며 말했다.

"괜한 짓을 했군."

그러고는 "알겠다."라며 말을 덧붙인 셰프의 모습에 한숨
돌린 스테판은 머지않아 다시금 연어 스테이크를 완성해 온
도진의 모습에 고개를 끄덕일 수밖에 없었다.

이번에도, 연어 스테이크는 완벽한 모습을 하고 있었다.

"완벽하군요."

도진은 그의 말에 씩 웃으며 자신의 자리로 돌아갔다.

루카스 또한 다시 자신의 자리에 서 다음 오더를 처리하고

있었다.

스테판은 그런 루카스를 잠시 째려보았지만, 애써 눈길을 피하는 그의 모습에 곁으로 다가가 한마디를 남겼다.

"이번에는 도진 덕분에 산 줄 알아."

"죄송합니다!"

빠르게 자기 잘못을 인정하는 루카스의 모습에 한숨을 내쉰 스테판은 모든 게 제자리로 돌아온 주방의 모습에 안정감을 느꼈다.

다시금 주방은 바쁘게 흘러갔다.

주방은 운동신경은 물론이고 효율적인 움직임과 예민한 감각을 활용할 수 있는 최적의 공간이었다.

소스가 타면 냄새로 알 수 있으며, 오븐에 스테이크가 다 구워지면 소리로 알 수 있었다.

그날 하루의 서비스를 잘 보내기 위해서는 자신의 감각을 믿어야 했다.

이미 알고 있는 레시피가 있더라도, 이미 많은 경험을 했더라도, 팬 위에 놓인 생선 하나하나는 각각의 차이를 지니고 있었으며, 지금 당장 사용할 수 있는 감각을 활용해 새로운 것을 만들어 내야 했다.

매일 똑같은 일의 반복처럼 보일지도 모르지만, 매 순간 새로운 경험이 분명했다.

그렇기에 스테판은 도진이 놀라울 수밖에 없었다.

아무리 실력이 좋은 요리사라고 하더라도 새로운 환경에서 요리를 하게 되면 그곳에 적응하기 위해 시간이 드는 것은 당연한 일이었다.

'그런데 어떻게 이렇게 쉽고 빠르게 적응할 수가 있지?'

도진의 나이를 생각해 보았을 때 도저히 이해할 수 없었지만, 그렇다고 그가 보여 준 모습은 두 눈으로 똑똑히 확인했기 때문에 부정할 수 없는 노릇이었다.

스테판은 잠시 고개를 돌려 주변을 둘러보았다.

모두가 각자의 스테이션에서 자신이 맡은 일을 잘 해내고 있는 모습이었다.

보드에 붙은 주문서를 확인하는 순간에도 자르고, 다지고, 휘젓고, 냄새를 맡고, 이런저런 소리를 듣느라 바쁘다.

그 모습을 보아하니 고난도의 멀티태스킹을 보는 것만 같았다.

스테판은 과연 도진이 얼마나 빠르게 이곳에 적응할 수 있을지 궁금해졌다.

그리고 이내, 좋은 묘안이 떠오른 듯 미소를 지었다.

정신없는 점심의 서비스가 지난 뒤.

마지막 오더까지 나가자 셰프는 스테판에게 말했다.

"잠시 볼일이 있어 나갔다 올 테니, 저녁 서비스 준비는 완벽하게 해 두게."

"네, 알겠습니다. 셰프. 다녀오세요!"

스테판은 셰프의 말에 고개를 끄덕이며 그를 배웅했고, 이내 지쳐 조리대에 기대 쉬고 있는 요리사들을 향해 크게 박수를 두 번 치며 집중하게 했다.

"자, 저녁 서비스 준비만 마저 해 놓고 빨리 쉬어 봅시다!"

"예! 수 셰프!"

요리사들은 이미 한 차례 전투를 치르느라 지쳤지만, 스테판의 말에 힘차게 대답했다.

이 일만 끝내면 달콤한 휴식이 눈앞에 기다리고 있다는 것을 알고 있기 때문이었다.

빨리 끝내면 빨리 끝낼수록 쉴 수 있는 시간은 더 많아졌기 때문에, 요리사들은 각자가 해야 할 일을 빠르게 처리하기 위해 손을 분주히 움직였다.

스테판은 그런 이들을 바라보다 고개를 돌려 콜드 파트의 스테이션을 정리하는 도진을 불렀다.

"도진, 잠시 이리 와 보겠어요?"

"네? 무슨 일이죠?"

"도진에게는 따로 부탁할 게 있어요."

도진은 스테판의 말에 무슨 일인지 궁금하다는 듯 물었다.

"따로 시키실 일인가요? 어떤 일이죠?"

그 말에 스테판이 웃으며 대답했다.

"오늘의 스텝 밀을 도진이 만들어 줬으면 해요."

원래라면 오늘의 스텝 밀은 데이비드와 자신이 만들기로 되어 있었지만, 스테판은 이 일을 도진에게 맡겨 볼 심산이었다.

지금 이 순간.

도진의 실력을 테스트하기에는 이만한 것이 없다는 생각이 들었기 때문이다.

그리고 과연 이렇게 도진에게 갑작스러운 일을 맡겼을 때, 도진이 어떤 반응을 보일까 궁금했던 것도 있었다.

'자, 과연 어떤 반응이려나. 당황할까?'

스테판은 조금 기대가 섞인 눈빛으로 도진을 바라보았다.

하지만 그의 눈에 비친 도진은 전혀 당황하는 기색조차 없이 스테판에게 되물었다.

"알겠습니다. 스텝 밀은 혼자 만들면 되나요? 제가 아직 같이 일하시는 분들이 몇 분이나 되는지 몰라서 그러는데, 혹시 몇 인분을 만들어야 하는지 알 수 있을까요?"

오히려 침착하게 얼마나 만들어야 하는지 물어보는 도진의 모습에 되레 당황한 것은 스테판이었다.

스텝 밀의 나비효과

도진은 스테판의 갑작스러운 지시에 조금 놀랐지만, 티를 내지 않고 물었다.

"재료는 어떤 걸 쓰면 되나요?"

쏟아지는 도진의 질문에 스테판이 대답했다.

"원래 오늘 스텝 밀은 저랑 데이비드가 하기로 했었으니, 잘 모르는 게 있다면 그에게 물어보세요."

그렇게 말하며 데이비드를 가리킨 스테판이 한마디를 덧붙였다.

"양은, 홀의 인원들까지 먹어야 하니 넉넉하게 60인분 정도면 충분하겠군요."

그의 말에 도진은 알겠다고 고개를 끄덕인 뒤 곧장 데이비드에게 다가가 물었다.

"데이비드, 방금 수 셰프가 하신 말 들으셨죠?"

"오, 물론이죠. 다시 한번 함께하게 되어 영광입니다."

과장된 몸짓으로 허리를 굽히고는 인사하는 데이비드의 우스꽝스러운 모습에 웃음을 터트린 도진이 데이비드에게 물었다.

"원래 수 셰프랑 하려고 했던 메뉴가 있을까요?"

"글쎄요. 보통 전날 사용하고 남아 있는 재료들 확인하고 뭘 만들지 결정하는데…… 우선 뭐가 남았는지 확인 먼저 해 볼까?"

데이비드는 도진을 데리고 워크인 냉동고로 향했다.

냉동고 안에는 전날 사용하고 남은 재료뿐 아니라, 손님에게 내갈 재료들을 손질하고 남은 자투리 재료들까지 알뜰하게 보관되어 있었다.

재료를 둘러보던 도진은 어떤 것을 만들어야 할지 잠시 고민에 빠졌다.

데이비드는 그런 도진을 지켜보고 있었다.

'정말 맡겨도 되려나.'

조금 걱정이 섞인 눈빛이었다.

평소 같았다면 먼저 앞장서서 어떤 메뉴를 만들지 의견을 공유했을 테지만, 오늘 그가 이렇게 조용한 이유는 따로 있었다.

바로 수 셰프인 스테판의 조용한 눈짓 때문이었다.

데이비드는 올해로 스테판과 함께 일한 지 무려 5년이 넘어가고 있었다.

주방은 매우 정신이 없는 공간이었다.

주문이 하나씩 들어오는 경우는 매우 드물기 때문에 한 번에 하나의 요리만 할 수 없었다.

한 손으로는 데미글라스 소스 팬을 돌리며 다른 한 손으로는 생선을 굽기 위해 스토브에 팬을 올리고 버너에 불을 켠다.

그리고 한 손으로는 양념을 하기 위해 생선을 드롭 트레이에 올려놓으며, 한 손으로는 소금을 집는다.

스토브에서 몸을 돌리며 쓰레기를 쓰레기통에 집어 던지고 몸을 돌려 스테이션에 놓인 깨끗한 행주를 집어 들고.

냉장고에서 꺼낸 것이 많아 손을 쓸 수 없을 때 엉덩이로 문을 닫는 것은 주방에서 으레 볼 수 있는 요리사들의 모습이었다.

스토브에 있던 팬을 오븐에 집어넣고 문을 닫는 동작이 물이 흐르듯 부드러운 것은 두말할 것 없었다.

하지만 이렇게 모든 요리가 하나의 스테이션에서만 일어나는 것은 아니었다.

요리는 원맨쇼가 아니라 팀플레이였다.

요리를 할 때는 손을 뻗고, 몸을 구부리고, 기대고, 여는 동작이 들어가기 때문에 누군가의 침범과 방해가 있을 수 있었다.

그러면 '뒤에!', '문!', '칼!'이라는 단편적인 경고음을 통해 주변에 산재하는 위험을 피하곤 했다.

스테판과 데이비드는 그런 곳에서 함께 5년이라는 시간 동안 손발을 맞춰 왔다.

그러므로 두 사람은 주방에서만큼은 서로가 서로에게 무슨 말을 하고 싶어 하는지, 눈짓만으로 알 수 있었다.

오늘의 스텝 밀은 도진에게 맡기라는 스테판의 눈길에 조용히 고개를 끄덕인 데이비드는 도진이 냉동고 안의 재료들을 살피는 눈길을 바라볼 수밖에 없었다.

'만약 도움을 요청한다면 그 정도는 도와줘도 되겠지?'

데이비드는 그렇게 생각하며 도진을 바라보았다.

하지만, 도진은 데이비드에게 도움을 요청할 생각이 없어 보였다.

그 모습에 데이비드는 보다못해 먼저 입을 열었다.

"혹시 메뉴를 결정하기 힘들다면, 내가 조금 도와줄까?"

"아, 혹시 괜찮다면 스텝 밀은 제가 주도해도 괜찮을까요?"

고개를 저으며 대답하는 도진의 모습에 데이비드는 짐짓 놀라 눈을 크게 뜨며 고개를 끄덕였다.

"그래, 알겠어."

데이비드는 과연 도진이 어떤 메뉴를 만들지 궁금해지기 시작했다.

⚜

도진은 냉장고 안에 남아 있는 재료들을 둘러보며 머릿속으로 어떻게 식단을 짜야 할지 고민했다.

분명 오늘은 콜드 파트에 배정되었는데, 이렇게 갑작스럽게 또 다른 업무를 배정한다는 것은 분명 의도가 있는 일이었다.

'예를 들자면, 실력 테스트라든가……'

뻔한 일이었다.

그릴 파트는 제대로 알려 준 적도 없는데 혼자 보고서는 연어 스테이크를 구워 내는 도진의 모습에, 스테판은 제대로 된 실력 테스트가 필요하다고 생각한 게 분명했다.

도진은 그의 기대에 상응하는 모습을 보여 주고 싶었다.

스텝 밀 60인분.

결코 적은 양은 아니었다.

직원들의 수는 대략 40~50명 정도였지만, 식사량을 생각해 60인분을 불렀을 터였다.

쉬이 메뉴를 결정할 수 없는 노릇이었다.

하나의 메뉴로 통일하자니 식사를 할 맛이 나지 않을 것 같았고, 그렇다고 '손 수'나 '아틀리에'에서처럼 직원식을 만들자니 한식을 할 수 있는 재료들이 없었다.

덕분에 도진은 조금 더 예전의 기억을 떠올릴 수밖에 없었다.

과거 카르만의 파인다이닝에서 일했던 때 먹었던 스텝 밀, 그리고 그 외에 다수의 레스토랑에 파견을 가서 일했던 때 먹었던 음식들.

보통 서너 가지의 음식을 해서 취향에 맞게 골라서 먹었던 그때를 떠올린 도진은 이내 고민을 끝내고, 자신을 기다려준 데이비드에게 말했다.

"오늘 스텝 밀은 뷔페식으로 진행하면 어떨까 하는데 괜찮을까요?"

도진의 말에 데이비드는 고개를 끄덕이며 말했다.

"오, 좋지. 골라서 먹을 수 있으면 완전 특식이나 마찬가지인걸? 다들 너무 좋아할 것 같은데?"

반색하는 데이비드의 모습에 도진이 미소를 지었다.

"그러면 파스타랑 리조또, 취향껏 만들어 먹을 수 있는 토르티야에 가볍게 배 채울 수 있는 키슈랑 과일도 좀 꺼내면 좋을 것 같은데 어때요?"

금세 여러 가지 메뉴를 떠올린 도진은 가장 먼저 메뉴의 우선순위를 정하기 시작했다.

"반죽하고 구워야 하는 키슈 먼저 만들게요. 그동안 데이비드는 다른 요리할 때 쓸 재료를 좀 손질해 주시겠어요?"

"물론이지!"

데이비드는 믿음직하게 고개를 끄덕이며 도진이 말한 재료들은 손질하기 위해 움직였다.

도진은 그런 그를 바라보며 키슈를 만들기 위해 반죽을 시작했다.

키슈(quiche)는 페이스트리 반죽에 달걀, 크림, 베이컨 등을 채워 오븐에 구워 내는 디저트류의 하나로 에그타르트와 비슷한 형태를 띤다.

하지만 돼지고기와 양파, 치즈, 토마토, 호박, 브로콜리, 시금치, 완두콩, 버섯 등의 다양한 재료가 첨가될 수도 있기 때문에 맛과 식감이 다양하며 가벼운 식사는 물론 전채 요리로도 먹을 수 있었다.

파스타와 리조또는 든든하게 배를 채우고 싶은 이들을 위해 준비하고, 가볍게 배를 채우는 정도로 식사를 하고 싶은 이들에게는 토르티야와 키슈가 제격일 것이었다.

'60인분을 다 할 필요는 없으니, 네 개 정도만 구워 볼까?'

키슈 자체는 그리 어렵지 않았지만, 반죽을 냉장고에 휴지시켜야 했기 때문에 도진은 빠르게 손을 움직여 반죽을 시작했다.

박력분과 강력분을 함께 채 친 다음 설탕과 소금, 그리고 깍둑썰기한 버터를 넣은 뒤.

조리용 스크레이퍼를 이용해 다지듯 버터를 잘게 자르며 재료들을 한데 섞었다.

'이 정도면 충분하지.'

버터가 잘게 다져진 것을 확인한 도진은 가운데를 움푹하게 파서 그 가운데 차가운 물을 넣고 버터가 녹지 않도록 최대한 빠르게 작업해 반죽을 하나의 덩어리로 만들었다.

한데 뭉쳐진 반죽을 네 개로 나눈 도진은 밀대를 이용해 반죽을 넓게 펴 준 뒤.

비닐백에 담아 냉장고에 넣었다.

'이대로 한 시간. 그러면 다음은 키슈의 속 재료랑 토르티야를 싸 먹을 재료들을 한번 손질해 볼까?'

키슈는 이대로 반죽을 잠시 휴지시켜 둔 뒤 꺼내 파이지를 먼저 구워 속 재료를 채워 넣고 다시 한번 더 오븐에 구워 내면 끝이었다.

기껏 해 봤자 30분 정도 걸릴 일이었다.

어차피 오븐에 넣고 한 번 더 구워 낼 것이기 때문에 키슈의 속 재료를 먼저 볶아 둘 심산이었던 도진은 데이비드에게 재료 손질의 현황을 물었다.

"데이비드, 얼마나 남았어요?"

파스타와 리조또에 기본적으로 넣을 양파와 마늘, 버섯 등의 손질을 하고 있던 데이비드는 도진의 물음에도 손을 멈추지 않으며 대답했다.

"곧 끝나! 양파랑 마늘은 끝났고, 이제 버섯만 손질하면 돼."

"그럼 그거 끝나고 과일들 손질을 부탁해도 될까요? 과일 샐러드를 곁들이면 좋을 것 같아서요."

"오, 그런 상큼한 메뉴 하나 있으면 너무 좋지!"

도진의 말에 긍정적으로 답하는 데이비드는 콧노래를 부르며 손질을 이어 갔다.

그런 그의 모습에 도진은 미소를 지을 수밖에 없었다.

따지고 보면 신입의 귀찮은 뒤치다꺼리를 맡은 것이나 다름없었는데, 데이비드의 긍정적인 모습은 함께 일하는 사람들에게 기운을 북돋아 주는 것만 같았다.

'데이비드가 함께해 줘서 다행인 것 같아.'

도진은 웃음기를 가득 머금고 키슈에 넣을 베이컨을 토막 내 썰었고, 이내 양파와 마늘 베이컨 등을 넣고 한차례 볶기 시작했다.

크고 넓은 팬 가득 볶아지는 베이컨의 고소하고 기름진 냄새는 지쳐 있는 직원들의 입맛을 돋우기에는 안성맞춤이었다.

한 시간 반.

점심의 서비스를 무사히 끝낸 뒤.

저녁 서비스의 준비를 끝낸 직원들은 한껏 굶주린 배를 부여잡고 있었다.

"오늘 밥은 뭐야?"

"아, 배고파요! 빨리 밥!"

홀의 서버들은 주방으로 우르르 몰려 들어오며 밥을 찾았다.

"맛있는 냄새 나는데?"

"오늘 수 셰프가 당번 아니었어요? 힘 좀 썼나 본데?"

다들 저마다 기대하고 당연스럽게 패스에 세팅되어 있을 식사 메뉴를 확인했고.

이내 눈을 휘둥그레 뜰 수밖에 없었다.

"이게 다 뭐야?"

"이상하다. 우리 어제도 되게 잘 챙겨 먹었던 것 같은데. 오늘도야?"

그도 그럴 것이 패스 위에는 상다리가 부러질 듯 접시가 한가득 늘어져 있었기 때문이다.

새우 크림 파스타부터 시작해서 해산물이 들어간 매콤한 냄새를 풍기는 토마토 베이스의 리조또.

그리고 라구 소스와 양상추 등 각종 야채와 함께 곁들일 수 있는 구워서 얇게 썰어 낸 스테이크와 잘게 찢은 닭가슴살 같은 다양한 속 재료가 준비된 토르티야에 갖가지 소스와 상큼한 과일 샐러드.

버터를 넉넉하게 넣고 구운 듯 향기로운 핫케이크에 프렌치토스트까지.

눈앞에 잘 차려진 요리들에 홀 서버들은 군침을 뚝뚝 흘리며 수 셰프를 향해 '오늘 무슨 날이냐.'며 물었지만.

그 대답은 생각지도 못한 곳에서 나왔다.

"오늘 무슨 날은 아니고, 다들 식사 맛있게 하셨으면 하는 마음에서 준비해 봤습니다."

목소리의 주인공을 찾아 고개를 돌린 홀 서버들은 이내 오븐 앞 조리대에서 키슈가 가득 담긴 트레이를 들고 오는 어린 동양인을 볼 수 있었다.

처음 보는 게 분명했지만 어쩐지 익숙한 얼굴에 고개를 갸웃거리며 그를 살피던 홀의 막내 팀은 이내 그의 정체를 눈치채고 저도 모르게 도진에게 손가락질을 하며 소리를 내질렀다.

"미슐랭!"

부끄러움은 온전히 팀의 몫이었다.

───※───

자기도 모르게 나온 목소리에 깜짝 놀라 입을 틀어막은 팀의 모습에 요리사들도 서버들도 웃음을 터트렸다.

"갑자기 그게 무슨 소리야?"

"미슐랭이라니?"

그 말에 팀은 억울하다는 듯 표정을 구기며 말했다.

"아니, 그, 저번에 말했잖아요! 미슐랭 테이블인 줄 알았는데 이력서를 줬다는 그!"

홀 서버들은 그제야 팀의 말에 이해했다는 듯 고개를 끄덕이며 도진을 바라보았다.

수 셰프는 도진을 그들에게 소개했다.

"제가 정신이 없어서 홀까지는 소개를 못 했네요. 도진, 인사하시죠."

"안녕하십니까. 이곳에서 일하게 된 김도진입니다. 잘 부탁드려요."

도진은 들고 있던 키슈를 마지막으로 테이블에 올려놓으며 홀의 정복을 입은 이들을 향해 인사했다.

대부분의 이들은 도진에게 웃으며 인사를 건넸지만, 유난히 한 사람.

긴장을 한 채 얼굴을 굳히고 인사해 오는 사람이 있었으니.

"안녕하세요. 팀입니다."

바로 이전에 도진이 손님으로 방문했을 때 그를 미슐랭 평가원이라고 오해했던 홀의 막내 팀이었다.

팀은 자신이 했던 오해로 인해 머쓱함과 동시에 민망함이 가득 몰려왔지만, 그런 일이 있었다는 사실을 몰랐던 도진은 자신을 향해 인사하는 팀을 보며 살갑게 말했다.

"전에 식사하러 손님으로 방문했을 때 저희 테이블 담당하셨던 서버분이시죠? 너무 친절하게 잘해 주셔서 덕분에 좋은 시간 보낼 수 있었습니다."

그렇게 말한 도진은 조금 궁금하다는 듯 말을 덧붙였다.

"그런데 미슐랭 평가원인 줄 알았다니, 그게 무슨 말인가요?"

도진의 물음에 팀은 올 것이 왔다는 표정으로 머쓱하게 말했다.

"사실…… 지난번에 방문해 주셨을 때, 저는 도진이 완전히 미슐랭 평가원이라고 믿고 있었거든요."

팀은 숨고 싶은 듯 자신의 두 손으로 얼굴을 가렸다.

도진은 더욱 이해할 수 없다는 듯 고개를 갸웃하며 팀에게 물었다.

"정말요? 제가 그날 뭐 어땠길래 그런 오해가 생긴 건지 물어봐도 되나요?"

"왜, 그 있잖아요, 레스토랑에서 암암리에 전해져 오는 그 얘기."

"아, 설마 혹시……."

"네, 맞아요. 그거. 그래서 더 잘해 준 것도 있어요."

양복을 입은 남자와 물 한 잔, 와인 반 잔, 그리고 포크.

팀은 다시 생각해도 얼굴이 붉게 물들 만큼 자신의 오해가 민망했고, 빠르게 대화 화제를 돌리려고 애썼다.

"자, 그보다 빨리 식사나 하죠! 얼른 먹고 조금이라도 더 쉬어야죠!"

그렇게 말하며 다급히 가장 빨리 손에 닿는 키슈를 집어 한입 입에 문 팀은 입안 가득한 키슈를 우물거리며 도진과 키슈를 번갈아보았다.

그 모습에 웃음이 터진 도진은 팀을 바라보며 물었다.

"왜 그래요?"

팀은 여전히 놀란 듯 눈을 동그랗게 뜬 채 대답했다.

"맛있어요! 올해 먹은 키슈 중에 제일!"

그 말에 발끈한 건 베이커리를 담당하는 제이콥이 팀을 향해 '얀마!' 하며 딴죽을 걸었고.

그 모습이 익숙한 듯 다른 이들은 전혀 개의치 않고 식사를 이어 가고 있었다.

모두가 저마다 좋아하는 요리를 자신의 접시에 덜어 식사를 즐기고 있었다.

입맛에 맞는 듯 대부분의 표정이 밝았고, 도진은 그제야 자신도 접시를 들고 음식을 덜어 때늦은 점심을 먹기 시작했다.

주방의 하루는 정신없이 흘렀다.

오후의 서비스까지 모두 마무리한 주방은 고요했다. 마치 패잔병들이 퇴각한 후의 전쟁터를 보는 것만 같았다.

마지막 오더가 끝났을 뿐, 공식적으로 문을 닫으려면 앞으로 한 시간은 더 있어야 했기 때문에 홀에는 여전히 손님이 많았다.

하지만 오늘 밤을 옥죄던 올가미는 마지막 오더와 함께 눈에 띄게 그 힘이 풀어졌다.

셰프가 자리를 비운 사이 오늘 처리한 주문서들을 훑어보던 스테판은 이내 새로 들어온 몇 개의 디저트 주문서를 지시하고는 셰프의 사무실로 향했다.

셰프는 사무실에서 옷을 갈아입고 있었다.

일찌감치 마감을 제게 떠넘기고 집으로 가려는 그의 모습에 투정을 부릴까 했지만.

"오늘 수고 많았네, 좀 더 힘내 주게."

셰프의 선방으로 인해 스테판은 할 수 없이 고개를 내저을 수밖에 없었다.

"감사합니다, 셰프. 고생 많으셨어요."

"오늘 도진을 출근시키길 정말 잘한 것 같아. 빈 자리를 잘 메꿔 주더군."

스테판은 셰프의 말에 고개를 끄덕였다.

"맞아요. 오늘은 사실 콜드 파트만 문제없이 맡아 준다고 해도 충분할 거라고 생각했는데……."

당장 오늘 갑작스럽게 병가를 낸 요리사 한 명 때문에 도진에게 천천히 메뉴를 알려 주려던 생각은 완전히 접을 수밖에 없었다.

　그래도 이력서상에 적힌 경험으로 따졌을 때는 충분히 실전에 투입해도 될 것이라는 생각에 도진을 빈자리에 투입했지만, 도진은 스테판의 생각보다 더욱 자신의 역할을 잘해 내 주었다.

　"설마하니 루카스가 사고 칠 뻔한 것도 수습해 줄 거라고는 생각지도 못했지 뭡니까."

　그 말에 셰프인 브라이언이 고개를 끄덕였다.

　스테판은 그에 호응하듯 말을 더 쏟아 내기 시작했다.

　"루카스야 평소에 성실하고 실력도 훌륭하니까 오늘 같은 실수는 한 번쯤 봐줄 수 있다고 쳐도, 개비 녀석이 문제예요. 오늘 갑자기 그렇게 병가를 내 버리다니."

　셰프는 스테판의 얘기에 외투를 입으며 물었다.

　"그래도 자네 사람 아닌가."

　"왜 다들 개비 그 녀석이 제 사람이라고 하는 걸까요? 저는 그 녀석이 마음에 안 들어요."

　"자네 생각은 어떻길래?"

　스테판은 셰프의 물음에 그동안 쌓아 왔던 불만을 토해 내듯 말했다.

　"점점 불량스러워지고 있어요. 뭘 믿고 그러는 건지는 모

천재셰프
회귀하다

르겠지만 이제 정말 정신을 차려야 한다고요."

"글쎄, 하지만 개비도 자기가 잘났단 걸 알고 있지 않겠나? 그는 유능한 요리사야. 술만 퍼지게 마시지 않으면……."

"그게 문제죠."

원래라면 오늘 콜드 파트를 홀로 맡아야 했던 개비는 바로 전날.

루카스네와의 술자리가 끝난 뒤에, 다른 이들의 술자리에 껴서 해가 뜰 때까지 술을 마시고는 아침이 되어서야 술이 깨지 않아 병가를 쓰겠다고 연락을 해 온 것이다.

덕분에 오늘 휴무였던 데이비드만 갑작스럽게 불려 와 일을 할 수밖에 없었다.

"개비는 정말 술을 안 마시는 날이 없어요. 정말 심각하다니까요. 불쌍한 데이비드는 어쩌면 좋아요? 우스운 상황이에요. 데이비드는 정말 열심히 하고 있어요. 속도도 빠르고 깨끗하고. 그런데 걸핏하면 얼간이 같은 개비가 싸 놓은 똥이나 치우고 있어야 하니, 원."

따발총처럼 말을 쏟아 내던 스테판은 한숨을 푹 쉴 수밖에 없었다.

셰프는 그런 스테판의 말을 들으며 생각에 잠긴 채 손거스러미를 물어뜯으며 벽을 물끄러미 바라보았다.

예전 직원들이 함께 찍은 사진이 있는 곳이었다.

그런 셰프가 무슨 생각을 하는지 알 수 없었던 스테판은 그가 입을 열기를 기다리다가 결국 먼저 말을 꺼냈다.

"셰프, 무슨 생각 하세요?"

셰프가 한숨을 깊게 내쉬며 말했다.

"어떻게 해야 할지 고민이군. 새로운 사람을 세워야 하겠나?"

그의 말에는 많은 고민과 회환이 담겨 있는 듯했다.

스테판은 그에게 조심스레 말을 꺼냈다.

"두어 명 정도는 대타를 세워 둬야 하지 않을까 싶어요. 개비를 프랩 구역에 처박아 두고 경각심을 주자는 뜻이죠. 그렇게 되면 그도 정신을 차리지 않을까요?"

"그럼, 대타로 세울 만한 사람은?"

"워커는 어때요?"

"흠……."

셰프의 침음에 스테판은 몇 명의 이름을 더 댔지만, 그는 쉽게 고개를 끄덕이지 않았다.

개비는 정말 실력이 확실하긴 했다. 하지만 이렇게 술을 끊지 못한다면 정말 위험할 터였다.

그나마 오늘은 그가 콜드 파트를 맡고 있었기에 데이비드와 도진으로 충분했지만, 평소와 같이 생선을 다뤄야 했다면?

결국 또 자신이 대타로 들어가야 했었을지도 모른다는 상상을 한 스테판은 끔찍하다는 듯 표정을 구기고 고개를 저었다.

"정말, 저는 지쳤어요. 솔직히 말해서 오늘은 루카스가 있었으니 괜찮았지만, 개비 그 자식이 고주망태가 될 때마다 제가 대타를 뛰는 것도 힘들어요."

"이 불쌍한 녀석."

셰프는 스테판의 어깨를 가볍게 툭 치며 말했다.

"그래도 우리는 요리사가 아닌가? 잊지 말게."

"알죠. 하지만……."

손님에게 완벽한 음식을 내는 것.

셰프가 잊지 말라고 한 것은 그것이었을 게 분명했다.

그러나 스테판은 자신이 데리고 온 사람이었던 만큼 개비를 신경 썼던 것은 확실했지만, 더 이상 개비의 행실을 두고 볼 수만은 없었다.

누구든 그의 자리를 채울 수 있다는 위기감을 줄 필요가 있었다.

셰프는 그런 스테판의 마음을 꿰뚫기라도 한 듯 말을 덧붙였다.

"일단 이번 주 그 녀석과 얘기를 해 볼테니, 그동안 구인 광고를 내 보고 할 만한 사람이 있는지 한번 보세. 누가 알겠는가 괜찮은 친구를 얻을 수 있을지도 모를 일이지."

"네, 알겠어요."

스테판은 "그 생각은 못 해 봤네요."라며 말한 뒤 셰프의 말에 고개를 끄덕였다.

새로운 사람을 찾아야 한다는 생각은 걱정이 앞섰다.

'꼬미를 언제 셰프 드 파티가 되기까지 처음부터 가르쳐서 세울 수 있을지.'

그런 생각이 드는 순간.

스테판은 문득 머릿속에 떠오른 얼굴에 한숨을 쉬느라 땅에 처박고 있던 고개를 휙 들어 셰프를 바라보았다.

그리고 외쳤다.

"도진!"

스테판은 완전히 새로운 대안을 찾은 듯한 얼굴이었다.

그의 얼굴에는 어쩐지 기대감도 조금은 섞여 있는 듯했다.

셰프는 스테판의 갑작스러운 외침을 이해할 수 없다는 듯 물었다.

"그게 무슨 말인가?"

"도진이요! 오늘 루카스가 실수할 뻔한 걸 도진이 수습했잖아요."

"오, 하지만 고작 그것만 가지고는 그에게 개비가 하던 일을 맡길 순 없지. 아무리 그래도 그는 얼마 지나지 않아 떠날 손님일세."

"하지만 셰프."

스테판이 보기에는 도진은 충분히 할 수 있을 것만 같았다.

천재셰프
회귀하다

갑작스러운 상황에서 루카스의 빈자리를 채워 준 것은 물론이고, 오늘 대량의 스텝 밀을 만드는 것도 거침이 없었다.

요리를 하는 손이 빠른 것은 물론이고, 그가 지나간 흔적은 깔끔하기 그지없었다.

게다가 스텝 밀은 평범한 메뉴들이었지만, 모두 기본 이상의 맛을 가지고 있었다.

심지어 따뜻했다.

다양한 종류의 음식을 대량으로 만들게 되면 결국 마지막에 나온 음식만 따뜻하고 미리 만들어 둔 요리들은 식을 게 분명한데, 도진의 스텝 밀은 그런 게 전혀 없었다.

갑작스러운 상황 대처 능력은 물론, 요리를 하는 데에 있어 시간 계산도 출중했고, 위생 관념은 더할 나위 없어 보였다.

처음에는 갑작스럽게 나타난 도진이 조금 귀찮았지만, 지금, 이 상황에서 스테판에게 도진은 마치 하늘이 내린 구세주 같았다.

"오히려 그가 곧 떠날 사람이라 더 좋을지도 몰라요."

"그게 무슨 말인가?"

셰프의 물음에 스테판이 말을 이었다.

"제가 오늘 본 도진의 실력은 확실해요, 그의 이력서대로요. 그렇기 때문에 도진이 개비의 자리를 차지한다면, 그만큼 개비가 위기감을 느낄 수 있지 않을까요?"

그 말에 셰프가 흥미로운 듯 눈을 빛냈다.

"좋아, 자네 마음대로 한번 해 보게. 하지만 어차피 도진은 그리 길게 일하지 않을 테니, 사람을 새로 구하는 것도 잊지 말아야 할 거야."

셰프는 스테판의 이야기를 쭉 듣더니 그의 의견에 동의했다.

당장 사람을 급히 구하는 것보다는 어느 정도 능력이 입증된 도진을 개비의 자리에 올려놓고, 개비를 프랩이나 다른 파트로 옮기는 것은 아무리 생각해도 좋은 대안이었다.

다른 이들에 비해 빨리 승진한 그는 기고만장해져 있었기에, 갑자기 나타난 도진이 자신의 자리를 차지하면 확실히 그에게 위기감을 심어 줄 수 있을 게 분명했다.

'어떻게 이런 생각을 할 수 있었지.'

자신이 떠올린 생각에 감탄하며 스테판은 셰프가 떠난 사무실에서 잠깐의 휴식을 취하며 머리를 식혔다.

'오늘도 쉽지 않은 하루였어.'

다행히 오늘 셰프와의 대화를 통해 이 전부터 꾸준히 고민하던 문제를 어느 정도 해결한 것만 같아 한숨을 덜었다.

'이런 식으로 개비의 문제를 해결할 수 있을 거라고는 생

각지도 못했는데, 괜찮겠지?'

잠깐 사이에 머릿속을 여러 걱정들이 머릿속을 스쳐 지나갔지만.

스테판은 그래도 오늘 하루를 무사히 마무리했다는 생각에 안도의 한숨을 내쉬며 테이블에 올라와 있는 예약 리스트를 확인했다.

내일 아침을 위해 미리 마음의 준비를 하고자 했던 행동인데 벌써 머리가 아파 오는 것만 같은 기분이었다.

셰프가 퇴근하기 전 홀 지배인이 두고 간 내일의 예약 리스트의 총인원은 '최소' 300명이었다.

주말이었기에 더 가득 찬 예약 리스트였다.

하지만 여기에 *노 쇼(*no show:예약했지만 취소한다는 연락 없이 예약 장소에 나타나지 않는 행위)가 있을 것을 생각하면, 이보다 조금 더 적어질 수 있었다.

그러나 방심할 수는 없었다.

언제나 예약 없이 갑작스럽게 방문하는 이들이 있었기 때문이다.

아침의 브런치는 시작과 동시에 손님이 들이닥쳐 파국을 맞을 때까지 쉬지 않고 몰려들 게 분명했다.

특히나 예약하지 않아도 부담 없이 방문하기 좋은 바의 자리는 더욱더 붐볐다.

아침 일찍 길을 나선 여행객들과 늦게까지 파티를 즐긴 사람들.

그들은 요리가 빨리 나오길 바라기 때문에 테이블은 빠르게 회전한다.

스테판은 주말을 앞둔 날이면 항상 긴장한 채였다.

손님이 많고 주방이 바쁠수록 사고가 일어나기 쉽다.

그러니 제대로, 미리, 잘 준비해서 공이 아무 데나 튀지 않도록 조심해야만 했다.

날짜를 확인하고 내일의 근무표를 확인한 스테판은 고개를 끄덕였다.

'개비는 휴무 지나고, 화요일에 출근해서 얘기하면 되겠군.'

스테판은 도진에게는 언제 얘기하는 게 가장 좋을지 고민하며 일정을 떠올렸다.

화요일 오전에는 프랩을 담당하는 로젤리오와 브리엔느가 오전에 쓸 *미즈 앙 플라스(*Mise en Place:모든 것을 제자리에 놓는다는 프랑스어. 음식을 만들기 전, 모든 재료와 도구 들을 정해진 위치에 놓는 것.)를 먼저 작업해 둘 터였다.

그들은 아침에 즉석으로 만들어야 하는 홀랜다이즈 소스나 서큘레이터 에그 같은 것들을 제외한 대량 작업은 미리 해 둔다.

'오늘도 평소 같았으면 미리 해 뒀을 텐데'

하지만 오늘은 유독 바쁘고 정신이 없어서 라인을 서포트하느라 많은 작업을 해 놓진 못했을 것이다.

생각이 거기까지 미치자 스테판은 사무실 문 옆에 붙어 있는 클립보드를 확인하기 위해 문을 열었다.

이런 상황이 생기면 다음 날 어떤 일이 벌어질지 짐작할 수 있도록 미리 메모를 남겨 달라고 지시했기 때문이다.

'역시.'

예상대로 클립보드에는 메모가 붙어 있었다.

-셰프, 해시브라운 감자는 잘라서 냉장고에 넣어 뒀어요. 계란도 까 뒀고, 베이컨은 시트 트레이에 담아 놨어요.

화요일에 출근하면 금방 끝낼 수 있을 거예요. 사랑해요!

로자 & 브리

두 사람은 계란을 까 뒀고, 감자를 깍둑썰기 해 뒀고, 베이컨을 얇게 잘라 뒀다.

물론 슬라이스 *모하마(*참치를 소금에 절여 말린 염장 생선), *오리 콩피(*오리를 지방에 절여 만든 요리), 고수 퓨레, 허브 요거트 등 아직도 준비해야 할 것이 많다.

'화요일 아침은 바쁘겠는걸.'

정말 '약간'의 작업만 해 뒀기 때문이다.

어쨌든 둘 다 아침 6시에 출근할 테니 서비스가 시작되기까지의 준비 시간은 네 시간이 남아 있는 셈이다.

'그 정도면 충분해야 할 텐데.'

두 사람을 걱정하던 스테판은 오른쪽 밑에 그려진 화살표를 확인하곤 페이지를 넘겼다.

그러자 또 다른 메시지가 보였다.

-스테판, 설마 오늘도 야근은 아니겠지? 오늘의 실수를 만회할 수 있도록 한잔 대접하고 싶다고요.

누가 남긴 메모인지 적혀 있지 않았지만, 필체만 봐도 루카스였다.

스테판은 절절함이 가득한 루카스의 목소리가 들리는 듯한 기분에 웃음을 터트리며 시간을 확인했다.

이제 자정이 되려면 10분 남았다.

문득 오늘 밤은 잠을 얼마 못 자겠단 생각이 들었다.

"10시 퇴근은커녕."

속으로 생각한다는 게 저도 모르게 입 밖으로 말을 뱉은 스테판은 손으로 입을 막으며 한숨을 쉬었다.

퇴근 후 여자 친구를 만나기로 했지만, 오늘도 시간을 보아하니 그른 것 같았다.

'만나기는 개뿔. 엄청 삐지겠네.'

스테판은 핸드폰을 꺼내 그녀에게 애절하게 메시지를 보냈다.

오늘같이 힘들고 지친 날에는 여자 친구와의 만남이 절실

했지만, 그마저도 쉽지는 않았다.

'요리사, 요리사의 삶이란…….'

결국 이렇게 되면 퇴근 후 루카스와 한잔하러 가게 될 가능성이 컸다.

스테판이 잠시 여자 친구의 답장을 기다리고 있는데 후세인이 사무실로 고개를 빼꼼 들이밀며 물었다.

"셰프, 저희 마감하고 있는데 괜찮죠?"

"물론이죠."

그렇게 대답한 스테판은 주방으로 돌아갔다.

요리사들은 대답을 듣기도 전에 이미 마감을 시작한 모습이었다.

그들은 도마나 냄비, 팬, 발포총 같은 작은 도구들은 모두 설거지 담당에게 갖다줬다.

그리고 쓰고 남은 미즈 앙 플라스는 내일 아침에 다시 정리하려고 플라스틱 용기에 담아 라벨을 붙여 *로우보이(*다리가 낮은 수납장)에 넣어 놨다.

지금은 작업대에 비눗물을 뿌리고 수세미와 스퀴지로 닦아 내고 있다.

모두가 각자의 할 일을 알아서 하자 주방은 사용한 적이라곤 없었던 것처럼 금세 깔끔해졌다.

"자, 다들 잠깐 모여 보시죠."

스테판은 오늘 퇴근을 하기 전 마지막으로 회의를 위해 모두를 불러 모았다.

보통 이 시간에는 내일의 메뉴에 관한 대화를 나누기도 하지만, 오늘 있었던 일들에 대해 피드백하기도 했다.

"루카스, 오늘 중간에 그렇게 자리를 비운 건 좀 너무했어요. 알고 있죠?"

"예! 죄송합니다!"

고개를 숙이고 씩씩한 목소리로 대답하는 루카스의 모습에 어쩔 수 없다는 듯 웃음을 터트린 스테판은 이윽고 다른 이들에게도 몇 개의 주의 사항을 말했고, 마지막으로 그의 시선이 도진에게 향했다.

"도진, 오늘 주방에 들어 온 첫날이라 정말 정신없었을 텐데 수고 많았어요."

"아녜요. 다들 잘 챙겨 주셔서, 감사했습니다."

"알아서도 잘하던데요. 뭐."

"조만간 좋은 소식이 있겠어요."

도진에게 개비의 자리를 맡아 달라는 말을 지금 꺼낼까 하던 스테판은 농담이 섞인 작은 예고를 한 뒤.

"자, 다들 퇴근합시다!"

그의 말에 한껏 들뜬 요리사들의 장난스러운 시간이 시작됐다.

"오늘 술 마시러 갈 사람?"

"난 안 돼. 오늘 데이트 있어!"

"뭐? 또 누구야. 언제 어디서 그렇게 잘 만나고 다니는 거야, 도대체?"

"너만 못 만나는 거라고 생각해 본 적 없어?"

요리사들은 요리사복을 풀어 헤치고 모자와 장갑도 모두 벗어 던지고 축축한 수건을 서로에게 던지며 사춘기 소년들처럼 야한 농담을 하고 왁자지껄 떠든다.

이 시간은 중요한 시간이다.

얼핏 보면 철없는 대화였지만 이러한 농담은 특별한 즐거움을 주며 사기를 높여 준다.

스테판은 어느새 다른 요리사들 사이에서 자연스럽게 어울리고 있는 도진을 바라보았다.

'어쩌면 정말 제대로 된 계기가 될지도 모르겠는데?'

그리고 이 자리에 없는 개비를 떠올렸다.

재미있는 상황이 만들어질 것 같다는 생각에 스테판은 도진을 불렀다.

"도진, 퇴근하기 전에 옷 갈아입고 잠깐 사무실에 들러 줄래요?"

그의 입가에는 옅은 미소가 지어져 있었다.

갑작스러운 상황에 도진은 당황할 수밖에 없었다.

"네? 그게 무슨 말인가요?"

"말 그대로예요, 도진."

할 말이 있다는 수 셰프 스테판의 말에 그의 사무실로 향한 도진은 당황할 수밖에 없었다.

'갑자기 나보고 셰프 드 파르티가 되어 달라니.'

당황하지 않을 수 없는 내용의 말이었다.

셰프 드 파르티(Chef de Partie.)

수 셰프의 바로 아래 직급으로 주문받은 메뉴를 조리하는 각 파트 요리사였다.

레스토랑의 규모에 따라 셰프 드 파르티가 하는 일은 조금씩 다를 수 있었다.

하지만 도진은 스테판이 하고자 하는 말을 정확히 이해했다.

'르 베르나르댕'처럼 인원이 많은 주방에서의 셰프 드 파르티는 그저 파트를 담당한 요리사일 뿐만 아니라 해당 파트에서 일하는 다른 요리사들을 책임질 수 있는 파트장을 뜻하는 것이 분명했다.

분명 좋은 제안이었다.

하지만 갑작스러운 제안인 것도 분명했다.

도진은 이해할 수 없는 그의 말에 잠시 고민하는 듯하더니, 이내 물었다.

"어쩐지 퇴근을 안 하고 기다리고 있더라니, 이 얘기를 하려고 기다리고 있었나요?"

"맞아요. 오늘 루카스의 실수를 커버해 줘서 고맙다는 말도 할 겸."

수 셰프인 스테판의 말에 도진은 도저히 이해할 수 없다는 표정으로 그에게 물었다.

"도대체 어쩌다가 저에게 그 자리를 권유하게 되신 거죠?"

도진의 물음에 스테판은 잠시 고민하다 입을 열었다.

"사실 이건 도진이 조금 도와줬으면 하는 바람인데 말이죠."

스테판은 그렇게 지금, 이 상황에 관해 설명하기 시작했다.

어제 병가를 낸 개비에 관한 이야기부터 시작해 평소 그의 행실과 스테판이 골머리를 썩이고 있는 부분, 그리고 그 문제를 해결할 방법에 대해서까지.

구구절절 설명하는 스테판의 얘기를 한참 동안 듣던 도진은 이내 이해했다는 듯 고개를 끄덕였다.

"그러니까 지금, 제 존재를 통해 개비의 자리를 대신할 사람은 얼마든지 있다는 경각심을 주고 싶다는 말이죠?"

"오! 맞아요! 도진이라면 찰떡같이 이해할 수 있을 줄 알았어요."

"하지만, 아무리 그래도 저는 어제 막 이 주방에 들어섰는 걸요. 괜찮을까요?"

스테판의 이야기를 들은 도진은 그의 말이 충분히 이해됐지만, 한편으로는 걱정도 되었다.

'갑자기 꼬미에서 셰프 드 파티라니……'

애초에 처음부터 그렇게 고용된 것이었다면 말이 나올 일이 없었을 터였다.

하지만 도진은 지금 엄연히 꼬미로 채용되어 일하고 있는 중이었다.

이렇게 갑작스럽게 진급이 된다면 다른 사람들의 반발을 사기 쉬웠다.

그런 부분이 걱정되었던 도진은 스테판에게 다시금 되물었다.

"정말 괜찮겠어요? 저야 잠깐 있다 떠날 사람이라고는 하지만, 이런 결정을 한 스테판은 다른 직원들에게 무슨 소리를 들을지 모르는걸요."

"도진, 생각보다 무른 사람이었네요."

도진의 말에 스테판이 웃음을 터트리며 말을 이었다.

"주방에서는 셰프의 말이 최고 우선순위죠. 그 말을 거스르고 싶다면, 그냥 주방을 떠나면 되는 거예요."

스테판의 미소에는 여유로움이 가득 차 있었다.

도진은 처음 보는 그의 모습에 어색함을 느끼기도 잠시, 이내 이해했다는 듯 고개를 끄덕였다.

스테판은 도진의 어깨를 두드리며 "고민 좀 해 봐요. 내일

천재세프
회귀하다

우리 쉬는 날인 거 잊지 말고!"라고 말을 덧붙인 뒤.

여유로운 발걸음으로 사무실을 나가 버렸다.

도진은 얼이 빠진 채 그가 떠난 자리를 바라볼 수밖에 없
었다.

내일은 '르 베르나르댕'의 휴무일이었고, 그 말뜻은 고민
할 시간은 충분하다는 의미였다.

당신의 자리였던 곳

개비가 출근하기 전 이른 아침.

도진은 이틀 전 스테판의 제안에 대해 고민하며 '르 베르나르댕'으로 향했다.

그러고는 곧장 사무실로 향했다.

'오늘 답을 달라고 했으니.'

스테판은 일전에 했던 말대로 일찌감치 출근해 있었다.

그는 도진이 온 것을 확인하고 반갑게 인사를 건넸다.

"좋은 아침! 생각은 좀 해 봤어요?"

스테판의 밝은 인사에 도진은 어떻게 말을 꺼내야 할지 잠시 고민했지만, 이내 솔직하게 답변하기로 마음먹었다.

"저는 아무래도……."

도진은 그의 제안을 거절할 생각이었다.

아무리 생각해 보아도, 괜히 짧게 머물 자신이 이곳의 물을 흐리는 것 같은 기분이 들었기 때문이었다.

'게다가, 그냥 꼬미의 자리에 있는 게 여러 파트의 일을 배우기도 좋고.'

하지만 거절하려는 도진의 생각을 마치 읽기라도 한 듯, 스테판은 갑작스럽게 도진의 말을 막았다.

"이런, 물류 들어온 걸 확인했어야 했는데! 혹시 괜찮다면 일단 급한 일 먼저 처리하고 답변을 들어도 될까요?"

깜빡했다는 듯 곤란한 표정을 지으며 다급히 말하는 스테판의 모습에 도진은 고개를 끄덕일 수밖에 없었다.

"네, 그럼요. 당연하죠."

"이해해 줘서 고마워요."

스테판은 자리에서 일어나더니 사무실의 문을 열고는 나가 버렸다.

저도 모르게 순순히 대답한 도진은 순식간에 일어난 일에 스테판이 나간 문을 바라보고서 있을 수밖에 없었다.

'이상하다. 이게 아닌데.'

빠르게 제안에 대해 거절하고 돌아가려 했던 도진은 알 수 없는 위화감에 휩싸일 수밖에 없었다.

무언가 잘못되었다는 생각이 들 때쯤.

도진을 정신 차리게 한 것은 그 누구도 아닌 도진을 혼란스럽게 만든 스테판 본인이었다.

그는 자신이 나갔던 문 앞으로 다시 돌아와 도진에게 손짓하며 말했다.

"뭐 해요? 얼른 따라오지 않고!"

도진은 홀린 듯 그의 손짓을 따라갔다.

"다들 좋은 아침! 로지, 준비는 잘되어 가고 있죠?"

"물론이죠. 그보다 수 셰프, 오늘은 왜 이렇게 일찍 나왔어요?"

"그렇게 말하면 제가 평소에는 엄청 늦는 줄 알겠어요."

도진은 콜아웃을 위해 주방을 돌아다니며 일하고 있는 요리사들에게 인사를 건네는 스테판의 뒤를 졸졸 쫓았다.

인원 체크를 끝낸 스테판은 이윽고 도진을 샘플이 들어와 있는 박스로 데려갔다.

그는 이번에 주문한 샘플에 대해 주절거리며 얘기를 이었다.

"이번에 주문한 피스타치오랑 치즈들인데, 품질에 신경을 써 달라고 몇 번이나 신신당부한 덕에 너무 좋은 물건들이 들어왔어요. 도진도 한번 봐요."

도진은 스테판이 뜯은 샘플의 박스를 확인했다.

숲처럼 푸른 빛을 띠는 시실리안 피스타치오.

스테판의 눈짓에 손 한가득 그것을 집어 들자, 부들부들한 피스타치오가 손안에서 흘러내렸다.

"하나 먹어 봐요."

스테판은 이미 손바닥 위에 몇 개의 피스타치오를 얹어 놓고는 몇 개씩 집어먹고 있었다.

그에 도진도 두어 개의 피스타치오를 입안에 넣었다.

"음, 이건 정말 좋은데요. 달아요."

한입 깨물자 입안 가득 즙이 퍼지며 달콤하고 풍부한 맛이 도진의 입안 가득 느껴졌다.

도진이 기분 좋은 표정을 짓고 있자 이번에는 아르간 오일의 뚜껑을 열어 도진에게 내민 스테판은 자신 있게 한마디를 덧붙였다.

"이것도 한번 맡아 보세요. 최상품이죠."

도진은 이미 스테판이 오일의 병을 열자마자 공기를 가득 채운 아르간 오일의 향에 감탄하며 그를 바라보며 말했다.

"이건 가까이 갈 필요도 없을 만큼 향이 퍼지는데요? 혹시 한 입 먹어 봐도 되나요?"

"물론이죠."

도진의 감탄에 만족스러운 미소를 지은 스테판이 작은 스푼을 하나 꺼내더니 그 위에 아르간 오일을 너무 많지 않게 부어 도진에게 건넸다.

그 모습을 바라보고 있던 도진은 '꿀꺽' 하며 침을 삼키며 스푼을 받아 망설임 없이 스푼 위의 아르간 오일을 입에 털어 넣었다.

'감칠맛이 풍부한걸.'

도진이 아르간 오일의 고소한 맛에 여운을 느끼고 있는 사이.

스테판은 또 다른 작은 스푼을 도진에게 내밀었다.

"이건 뭐죠?"

"먹어 보고 맞혀 보시죠."

그의 말에 호승심을 느낀 도진은 신중한 표정으로 스푼 위의 액체를 탐구하기 시작했다.

투명한 빛의 향긋한 향.

좀 전의 진한 오일과 강한 대조를 이루는 강렬한 달콤함.

적당히 느껴지는 새콤함과 함께 청포도의 단맛이 혀끝을 간지럽혔다.

짙은 농도에 여러 가지 맛이 켜켜이 쌓인 향긋함에 도진은 입꼬리를 올리며 스테판을 바라보았다.

"페드로 히메네스 식초인가요?"

"이걸 맞히네요."

"제가 좋아하는 맛이라서요."

도진의 말에 스테판이 미소를 지었다.

"역시 믿고 맡길 수 있을 것 같아요."

"뭘를요?"

"개비의 자리 말입니다. 도진은 나이에 비해 이런 요리에 대한 경험이 많은 것 같아요."

스테판의 말에 전생의 경험에 대해 털어놓을 수 없었던 도진은 급히 화제를 돌렸다.

"그보다 이쪽은 치즈인 거죠?"

그렇게 말한 도진은 하얀색 껍질에 핑크색 리본으로 묶여 있는 동그란 치즈를 바라보았다.

"오, 맞아요. 이게 오늘의 메인인데. 당장 뜯어 보죠."

도진의 말 돌리기가 성공적으로 먹혀들었는지, 스테판은 조금 전 했던 말은 잊어버린 듯 치즈를 책상 한가운데 살포시 얹어 놓고 포장을 풀기 시작했다.

조심스럽게 리본을 풀고 껍질을 벗기자 섬세한 라인과 달처럼 뽀얗고 여린 치즈의 속살이 드러났다.

"브리나따인가요?"

"맞아요. 치즈의 여왕이라고 불리는 그 브리나따죠."

스테판은 신이 난 듯 칼끝으로 적당한 곳을 찾아 치즈 표면을 따라가다 빠르고 정확한 동작으로 단숨에 치즈에 칼을 찔러 넣었다.

그리고 칼을 빼서 삼각형 모양으로 다시 찔러 넣어 치즈 한 조각을 떼 도진에게 건네주고는, 자신도 한 조각을 떼어 내 급히 입에 집어넣었다.

도진도 그를 따라 스테판이 건네준 치즈를 입에 넣었다.

입에 닿자마자 녹아내리는 치즈의 맛.

"이 맛이지!"

"맞죠."

목소리에서부터 느껴지는 스테판의 기분 좋은 외침에 도진도 크게 고개를 끄덕이며 대꾸했다.

스테판은 그런 도진을 바라보며 잠시 눈치를 보다 슬쩍 입을 열었다.

"그래서, 고민은 해 봤어요? 사실 이 치즈를 먹었으니 고민할 필요도 없이 도진은 제 제안을 받아들여야 하는 게 맞아요."

스테판의 말에 도진은 알아듣지 못했다는 듯 잠시 고개를 갸웃하다 이내 '아차!' 하는 표정으로 그를 바라볼 수밖에 없었다.

"설마 지금 이렇게 샘플까지 맛보게 해 준 이유가……."

"맞아요. 당연히 당신이 개비의 자리를 맡아 주길 바라는 마음에서 나온 작은 뇌물이라고 할 수 있죠."

그렇게 말하는 스테판의 눈빛에는 도진을 꼭 셰프 드 파티에 앉히고 말겠다는 의지가 보였다.

'정말이지…….'

확고한 스테판의 모습에 결국 두 손 두 발을 다 들 수밖에 없었던 도진은 결국 고개를 저으며 말했다.

"알겠어요. 하지만 무슨 일이 생기든 저는 책임질 생각 없어요. 알겠죠?"

"물론이죠. 책임은 저랑 셰프가 질 테니, 도진은 그냥 그 자리에서 맡은 일만 잘해 주면 되는걸요."

미소를 지으며 말하는 스테판의 모습에 도진은 한숨을 푹 내쉬었다.

처음 자신이 생각했던 '르 베르나르댕'에서의 일상과는 달라도 한참 달라진 모습에 도진은 잠시 고민하다 결심한 듯 고개를 주억거렸다.

'이것도 경험이지.'

결국은 이것도 좋은 추억과 경험이 될 것이라는 결론이었다.

전날의 숙취가 아직 가시지 않은 듯 개비는 얼굴을 찌푸리며 출근했다.

다른 요리사들은 그런 그를 반기며 물었다.

"개비, 괜찮아? 어제는 아파서 쉬었다며."

"에이, 아프기는. 또 숙취였겠지, 뭐."

"맞아, 저 녀석 이틀 전에 루카스네랑 술 마시고는 자리 끝나고도 다른 데 가서 계속 술 마셨어."

개비를 향한 걱정도 섞여 있었지만, 그가 숙취로 인해 병가를 낸 게 분명하다고 확신하는 다른 동료의 말에 개비가 웃음을 터트렸다.

그 말에 개비는 시원스레 웃음을 터트렸다. 반박할 수 없는 사실이었기 때문이다.

"사실 숙취 때문이기는 해요. 그날 저 밤새 들이붓고는 좀 자고 일어나서 출근하려니까 도저히 세상이 어지러워서 안 되겠더라고요."

개비는 어깨를 으쓱이며 말을 덧붙였다.

"괜히 출근해서 사고 치는 것보다는 그냥 쉬는 게 낫지 않겠어요? 그 김에 스테판도 오랜만에 스테이션에서 뛰면 박진감 넘치고 좋잖아요."

당당하게 말하는 개비의 태도에 함께 일하는 다른 요리사들은 고개를 저었다.

루카스가 개비를 보고 혀를 차며 말했다.

"너는 그 태도로만 보면 언제 잘려도 이상할 게 없어."

한숨을 푹 내쉰 루카스는 옷을 다 갈아입고는 개비의 어깨를 두드리며 말했다.

"너 진짜 그러다가 큰코다치는 수가 있으니까 정말 조심해."

"네, 네, 어련히 알아서 잘하겠습니다!"

개비는 그의 말에 분위기를 맞추듯 대답했다.

객관적으로 놓고 봤을 때 루카스의 말은 틀린 것이 없었기 때문이다.

하지만 개비는 절대 그럴 리 없다고 확신했다.

왜냐하면.

'나만한 인재가 어디 있다고.'

그만큼 자신의 요리 실력에 대해 자신이 있었기 때문이다.

그가 이렇게 자신이 있는 이유는 단 하나였다.

경력에 비해 빠른 승진.

개비는 '르 베르나르댕'에 있는 그 누구보다 빠르게 *셰프 드 파티(*chef de partie:부서별 조리장)가 되었다.

이대로면 머지않아 현재 스테판을 제외하고도 공석으로 남아 있는 또 다른 *수 셰프(*sous chef:조리장의 부주방장. 주방에서 두 번째 지휘권을 가진 요리사)의 자리에 가장 먼저 올라갈 것이라는 얘기도 떠돌았다.

그런 그의 앞날을 막을 것은 아무것도 없었다.

그렇게 생각했다.

스테판이 자신을 따로 부르기 전까지는.

"네? 뭐라고요?"

개비는 스테판의 말에 당황스러운 표정을 감추지 못했다.

"갑자기 그게 무슨 말이에요? 저보고 오늘 프랩을 하라니?"

"말 그대로야, 개비."

최근 자신의 태도를 들먹이며 '자르지 않은 걸 다행으로 알아.'라며 말하는 스테판의 모습에 개비는 배신감이 드는 듯했다.

'나를 그렇게 아꼈었으면서……'

이런 갑작스러운 말은 도저히 이해할 수 없었던 개비는 스테판에게 억울하다는 듯한 표정으로 말했다.

"어떻게 이렇게 사람이 하루아침에 변할 수가 있어요? 아무리 그래도, 이건 아니죠!"

"누가 들으면 내가 너보고 헤어지자고 한 줄 알겠어, 개비."

"저는 지금 그만큼의 충격을 받았는걸요! 제 자리를 대신할 사람이 있을 것 같아요? 사람 구하기 전까지는 스테판이라인을 맡아야 할 거라고요!"

개비의 말에 한숨을 푹 쉰 스테판은 이내 웃으며 말했다.

"사람은 이미 구했으니 너무 걱정하지 마."

"네? 벌써요? 하루 만에? 도대체 누군데요?"

말해 주지 않으면 지구 끝까지라도 쫓아갈 것처럼 스테판에게 달라붙어 묻자 그는 이내 고갯짓을 하며 말했다.

"저기, 저 친구가 오늘 네 자리를 대신할 거야."

스테판의 시선이 향한 곳에는 도진이 서 있었다.

물론 도진에게는 좋은 경험이 될 일이었지만, 당사자인 개비에게는 청천벽력과도 같은 일이었다.

'내가 구석에 짱 박혀서 프랩이나 해야 한다니……'

단호한 얼굴로 팔짱을 낀 채 자신의 앞에 선 스테판은 절대로 방금 자신이 내뱉은 말을 번복할 생각이 없어 보였다.

그에 개비는 정말 무언가 잘못되었음을 느꼈다.

"정말, 진심이에요?"

조심스럽게 묻는 그의 말에 스테판은 고개를 끄덕였다.

"진심이야. 오늘 오전 서비스는 도진에게 인수인계를 하는 걸로 하고, 오후에는 스즈키를 도와 프랩을 하도록 해."

스테판은 개비의 어깨를 토닥이며 말을 덧붙였다.

"아침에 내가 대충 알려 주긴 했는데 그래도 네 자리를 넘기는 거니까, 자네가 인수인계하는 게 맞겠지."

그렇게 말하고는 자리를 떠나는 스테판의 뒷모습을 허망한 표정으로 바라보던 개비는 이내 몸을 돌려 도진을 바라보았다.

도진은 그릴 옆의 스테이션을 마른 행주로 닦고 있었다.

본래라면 자신이 하고 있어야 할 일이었다.

'이게 지금, 말이 되는 일이야?'

어디서 굴러먹다 온 건지도 모르는 머리에 피도 안 마른

듯해 보이는 작은 동양인.

제대로 된 경력이라고는 없을 것 같은 어린 얼굴에 개비는 얼굴이 붉으락푸르락해졌다.

자신이 완전히 무시당했다는 생각 때문이었다.

'아무리 내가 잘못했어도 이건 아니지!'

스테판이 자신에게 모멸감을 주기 위해 이런 일을 벌인 게 분명하다는 생각에 개비는 발을 쿵쿵거리며 도진에게 다가가 말했다.

"지금, 진심으로 거기서 일하겠다고 그러고 있는 거야?"

눈썹을 찡그린 채 다짜고짜 말을 편하게 하는 개비의 모습은 흡사 위협적으로 보였지만, 도진은 전혀 개의치 않는다는 듯한 표정으로 말했다.

"반가워요, 개비. 얘기는 들었는데, 우리 초면이죠? 오늘 인수인계 잘 부탁해요."

개비는 자기 말에 대답하지 않고 제 말만 하는 도진의 모습에 기가 찬다는 듯 헛웃음을 흘렸다.

'하, 이 꼬맹이 녀석 좀 보게?'

만만치 않은 도진의 모습에 개비는 한쪽 입꼬리를 올리며 말했다.

"초면이 맞긴 하지. 그런데 내가 알기론 당신, 꼬미로 들어왔다고 들었는데 도대체 무슨 수를 쓴 거야? 하루아침에 셰프 드 파티라니."

개비가 어깨를 으쓱이며 말을 덧붙였다.

"돈이 좀 많아? 아니면 뭐, 셰프랑 막역한 사이인가?"

도발 어린 개비의 말에도 도진은 여전히 침착하게 미소를 지으며 말했다.

"글쎄요. 그건 편한 대로 생각하세요."

자신의 말에 전혀 타격이 없는 듯 태연하게 '인수인계 잘 부탁드립니다.'라고 말하는 도진의 모습에 외려 열받은 개비는 도진이 악수를 위해 내민 손을 일부러 우악스레 맞잡았다.

'그래 봤자 풋내기 애송이 주제에 어디 네가 이기나 내가 이기나 한번 해 보자고.'

그런 생각이었다.

하지만, 개비가 모르는 게 있었으니.

도진은 그가 생각하는 것만큼 온실 속 화초 같은 인물이 아니었다.

개비는 스테판의 지시가 영 못마땅했다.

스테판이 자신을 프랩 구역으로 내쫓은 이유는 이해할 수 있었다.

'보나 마나 술 좀 끊으라는 압박이겠지.'

지금껏 스테판은 자신에게 몇 번이고 술을 좀 줄이는 게 어떻겠냐고 말해 왔다.

하지만 개비는 먹고 마시고 노는 게 너무 좋았다.

만약 개비가 술을 마다하며 자리에서 빠지려고 한다면 함께 노는 무리의 친구들이 '지금 뭐 하자는 거냐.'며 그의 자존심을 자극하기도 했다.

그런 날은 멈출 수 없었고, 말 그대로 누구 하나 쓰러져도 모를 때까지 끝까지 달리는 날이 되었다.

그러다 보면 결국 다음 날 출근에 지장이 생겼고, 개비도 그 부분에 대해서는 문제를 인식하고 있었다.

'나도 자중하려고 하고 있었다고.'

그렇게 생각하고 있던 와중이었다.

'그런데……'

이렇게 갑자기 자리에서 밀려나게 될 줄이야.

개비는 분했다. 분할 수밖에 없었다.

이제 막 '르 베르나르댕'의 주방에 들어선 햇병아리 동양인이 자신의 자리를 차지하는 일은 상상해 보지도, 아니 할 수도 없었던 일이기 때문이었다.

그도 그럴 것이.

개비는 자신의 일과 실력에 대한 자부심이 상당했다.

해산물 요리를 주로 선보이는 '르 베르나르댕'에서 개비는 생선 요리를 주로 담당하고 있었다.

생선 요리를 보면 셰프가 기술이 있는지 없는지 알 수 있다는 말도 있지 않은가.

그만큼 생선 요리는 쉽지 않은 것이었다.

쉽게 부서지고, 말라비틀어지며, 풍미도 쉽게 잃어버린다.

심지어 프라이팬에도 잘 눌어붙었다.

그러니 사람들은 레스토랑에 올 때면 자신들이 집에서 하는 것보다 좀 더 나은 실력을 기대하며 올 터였다.

하지만 생선 요리는 전문가들에게도 어려운 일이었다.

그렇기에 좋은 *푸아송니에(*Poissonier: 생선과 해산물을 담당하는 요리사)가 되기 위해서는 많은 경험을 쌓아 생선 요리에 대한 테크닉을 마스터해야 했다.

개비는 푸아송니에야말로 라인에서 가장 명예로운 자리라고 생각했다.

'그런데 지금은 이렇게 인수인계를 하고, 이게 끝나면 프랩으로 가야 하는 처지라니.'

자신의 꼴이 믿을 수가 없었다.

그렇지만 개비도 믿는 구석은 있었다.

스테판은 자신에게 경각심을 일깨워 주기 위해 자신의 자리에 임시방편으로 도진을 앉힌 게 분명하다고 생각했다.

하지만.

'내 자리는 어지간한 숙련된 요리사들도 쉽게 하지 못하는

자리야.'

푸아숑니에, 그러니까 생선을 담당하는 자리는 정말 쉬운 자리가 아니었다.

생선을 완벽한 상태로 조리하는 것은 물론이고, 보관하고 손질하는 것까지 모두 자신의 몫이었는데, 그 일을 도진이 해낼 수 있을 리 없다고 생각했기 때문이다.

'생긴 걸 보아하니, 이제 막 주방에 들어온 꼬맹인데, 그런 걸 할 수 있을 리가 없지.'

속으로 도진을 한껏 무시한 개비는 스테판이 도대체 도진의 무엇을 보고 자신의 자리에 대신 앉혔는지 이해할 수 없다는 듯 혀를 끌끌 찼다.

그사이.

도진은 자신이 무엇을 해야 하는지 이미 알고 있는 듯 자연스럽게 생선을 보관하는 냉장고를 살피고 있었다.

개비는 그런 도진의 행동을 살폈다.

그의 행동에 무언가 문제가 있는 건 아닌지, 조금이라도 깎아내릴 구석이 있진 않은지.

매와 같은 눈으로 도진이 움직이는 곳곳을 살폈다.

그러나 도진을 지켜보면 지켜볼수록, 개비는 어쩐지 기분이 묘해지기 시작했다.

'이상하다. 뭔가, 잘못된 것 같은데?'

매일 아침 자신이 해야 했고, 해 왔던 일을 하는 도진의 모습이, 너무나도 익숙해 보였기 때문이다.

개비의 마음속에서 자그마한 불안감이 싹트는 순간이었다.

도진은 자신의 옆에서 멀뚱히 서 있는 개비의 모습을 잠시 바라보았다.

분명 스테판이 인수인계를 해 주라며 지시했던 것을 도진도 똑똑히 들었건만.

얼굴에 불만을 가득 안은 채 자신을 바라보는 개비의 모습을 보자 제대로 된 인수인계는커녕 처음 악수하며 인사를 나눴던 것을 끝으로 오늘이 끝나기 전에는 입을 열 것 같지 않을 것 같은 예감이 들었다.

'인수인계 다 하려면 온종일 걸리겠네.'

도진은 결국 한숨을 푹 내쉬고는 스테판이 일러 준 대로 움직이기 시작했다.

오늘부터 자신이 쓰게 될 스테이션을 마른행주로 깨끗이 닦은 도진은 화구에서 불이 잘 나오는지 확인한 뒤.

이내 생선 냉장고를 살피기 위해 워크인 냉장고가 줄지어 있는 벽으로 향했다.

그러곤 거침없이 생선이 들어가 있는 냉장고를 열었다.

천재셰프
회귀하다

도진은 문을 열자마자 코끝을 간지럽히는 짭짤한 냄새에 만족한 듯 미소를 지었다.

'바다 냄새.'

냉장고 문 바로 앞에 있는 도진에게만큼은 냉장고 안에서 바다 냄새가 진동하는 듯했다.

'상태가 최고인걸.'

냉장고 안에서 화학적인 냄새나 썩은 내처럼 다른 냄새가 전혀 없이 오롯이 짠 바다의 향이 나는 것이야말로 좋은 상태였다.

만약 생선이 보관된 냉장고에서 그런 냄새가 난다면…….

'뭔가 잘못되었을 가능성이 크지.'

그렇게 되면 금전적으로 큰 문제였다.

생선은 주방 내에서 그 어떤 식품보다 민감한 재료였다.

가장 유통기한이 짧고 가격이 높았으며, 가장 연약한 조직을 가진 재료였다.

살은 쉽게 손상되고, 온도의 변화에 조금만 노출되어도 생선의 질이 변했다.

그럼 쉽게 생선 비린내가 나고, 얼룩이 생기며, 끈적끈적해진다.

'온도 관리 잘못하면 변질되는 건 순식간이야.'

그렇게 변질이 된 생선의 상태는 조리 과정에서도 아주 큰 영향을 끼쳤다.

열을 잘 버틸 수 없는 것은 물론이고, 수분도 빠져나가고 불도 견디지 못해 부서지고, 망가지고, 흐물흐물해졌다.

견식이 있는 손님이라면 분명 쉽게 생선의 상태를 눈치채고 실망할 것이었다.

그렇기에 애초에 셰프는 그런 상태의 생선을 손님에게 내지도, 요리를 완성하지도 않았다.

그 생선들이 갈 수 있는 곳이라고는 쓰레기통뿐이었다.

만약 생선 단백질의 질이 떨어질 만큼 보관을 소홀히 한다면 정말 용서받지 못할 일이었다.

도진은 끔찍한 상상이라도 한 것처럼 몸서리를 치며 냉장고의 온도를 확인했다.

'2도. 괜찮군.'

대부분의 식품 저장 온도는 4도 밑으로 유지하면 되지만, 생선 박스만큼은 1도에서 3도 사리를 유지해야만 했다.

그리고 모든 생선이 공기에 노출되지 않도록 얼음으로 뒤덮어 두어야 한다.

거기에 생선 몸통 구조가 손상되지 않도록 수영할 때처럼 지느러미가 하늘로 향하게 세워 둬야만 했다.

만약 옆으로 누인 상태로 보관하게 된다면 살에 멍이 들고, 뼈가 부러지는 데다가 혈관이 터지고 공기에 불균형하게 노출되는 등 생선의 원래 상태를 망가트리기 쉬운 여러 원인에 노출되기 때문이다.

반대로 만약 손질해 놓은 생선이라면 랩에 단단히 싼 후에 물이 고이지 않도록 구멍이 뚫린 쟁반에 담아 얼음과 함께 펼쳐 놓아야 했다.

그 무엇 하나라도 이 상태가 되어 있지 않으면 그 즉시 조정해야 하는 것은 당연한 일이었다.

도진은 눈을 부라리며 생선 박스를 체크했다.

시각은 물론이고 후각까지 총동원해 생선의 질을 확인한 도진은 마지막으로 위생 상태를 체크했다.

모든 선반과 벽, 천장, 바닥까지, 얼룩 한 점 없이 모두 깨끗해야 함이 분명했지만, 생선 박스는 특히 더 그래야만 했다.

'물론 다른 박스들도 이만큼의 수준으로 확인해야 하긴 하지만……'

농산물 박스에서는 과일과 채소 냄새가 나야 했고, 유제품 박스에서는 우유와 치즈 냄새, 음료 박스에서는 음료 냄새, 육류 박스에서는 피 냄새가 나야 했다.

병원균이 번식하지 못하게 4도 아래 온도를 유지해야 하는 것은 당연한 일이었다.

도진은 생각보다 더 깔끔하게 유지된 채인 냉장고와 생선 박스의 점검을 마치며 안도의 숨을 내쉬었다.

'개비가 엉망이라고 해서 조금 걱정이었는데, 일 하나는 잘한다는 스테판의 말이 이런 뜻이었나 보군.'

도진의 눈으로 보기에도 생선의 상태들은 거의 완벽하다

고 해도 무방할 정도였다.

오늘 손질해 두어야 하는 생선들을 간추려 옮겨 담은 도진
은 이내 생선 박스를 냉장고에 정리하고 자리로 되돌아왔다.

그리고 도진이 아침 일과 중 가장 먼저 해야 할 일을 처리
하는 동안.

개비는 그저 멀뚱히 눈을 크게 뜨며 도진을 바라만 보고
있었다.

개비는 자신의 눈앞에 있는 도진을 물끄러미 바라보았다.

자신이 매일 아침 해 오던 일을 하는 도진의 그 모든 과정
은 너무 자연스러워 마치 이곳이 그의 오랜 직장이라고 해도
믿을 수 있을 정도로 보였다.

하지만 개비는 그런 모습을 부정하고 싶었다.

'이 정도야 뭐, 그냥 보는 척할 수 있지.'

스테판이 대충 알려 줬다고 했으니, 그저 따라 한 것뿐이
리라.

생선을 손질하는 모습을 보면 분명 도진의 실력을 알 수
있을 터였다.

개비는 생선을 손질하는 것이야말로 특권이라고 생각했
다.

가끔 자신이 출근하지 않은 날에는 루카스에게 맡길 때도 있었지만, 그런 날이 아니라면 대부분 개비는 직접 생선을 손질했다.

서늘한 프랩 구역 한쪽에서 생선을 손질하기 위한 준비를 하는 것은 그 망나니 같은 개비여도 언제나 경건한 마음을 가진 채였다.

금속 테이블에 축축한 행주를 주름 한 점 없이 평평하게 깔고, 그 위에 도마를 미끄러지지 않도록 올려 둔 뒤.

오른쪽에는 수건 한 더미, 라텍스 장갑, 송곳을 배치하고 도마 위쪽에는 손질한 생선을 담아 놓을 수 있도록 깊이가 다양한 스테인리스 팬을 한 무더기.

그리고 그 옆에 생선을 일정한 무게로 정확하게 잘라 내고자 그램 단위까지 정확히 잴 수 있는 디지털 저울.

도마의 왼쪽은 손질할 생선을 올려 두어야 했기 때문에 깔끔하게 비워 두어야 했으며 랩과 얼음 한 박스, 길쭉한 쓰레기통도 손이 닿는 곳에 배치하면 모든 준비가 완료되었다.

'이 녀석이라면 분명 그렇게 준비하는 데만 해도 한세월일 거야. 그러면 생선에 문제가 생길 수도 있겠지.'

원래라면 개비는 조용히 도진이 하는 모양새를 볼 생각이었다.

그러나 만약 도진이 제대로 생선을 손질하지 못한다면 그것은 오롯이 가게의 손해였고, 생선에 대한 모독일 게 분명했다.

이번만큼은 가만히 지켜볼 수 없었던 개비는 도진의 손에 쥐어진 생선이 담긴 쟁반에 손을 뻗으며 말했다.

"그거, 손질해서 프랩 해 둘 거지? 내가 생선 손질할 때 준비해야 하는 것과 손질하는 법을 알려 주지."

선심을 쓰는 듯한 말투였다.

아니, 어쩌면 이것조차 못할 것이라는 무시가 담긴 발언인지도 몰랐다.

개비는 자신이 한 말에 분명 도진이 화색이 돌며 고개를 끄덕일 것이라고 생각했다.

그러나 도진은 개비가 내민 손을 무시한 채 양손으로 든 쟁반을 더욱 조심히 쥐며 발걸음을 옮겼다.

그 모습에 당황한 개비가 도진에게 따라붙으며 말했다.

"아니, 그 쟁반 달라니까? 내가 알려 주겠다고!"

개비의 외침에도 도진은 터벅터벅 발길을 옮겨 이내 프랩 구역까지 가더니, 정갈하게 놓여 있는 도마 왼쪽의 빈자리에 생선이 무더기로 올려져 있는 쟁반을 올려놓았다.

그리고 개비를 바라보며 물었다.

"뭘 알려 줘요?"

앞치마를 고쳐 매는 도진의 앞에는 평소 개비가 생선을 손질하기 전 준비해 두는 세팅이 완벽하게 되어 있었다.

개비의 눈앞에 벌어진 상황의 전말은 이랬다.

그가 스테판에게 따지고 있을 무렵.

도진은 일찌감치 프랩 리스트에서 오늘 손질해야 할 재료들을 확인했다.

그러고는 프랩 구역 한쪽에 생선을 손질하기 위한 준비를 모두 마쳐 두었다.

모든 것은 전에 루카스가 세팅했던 그 모습을 그대로 재현한 것이었다.

그리고 도진은 한국에서부터 소중히 품고 온 자신의 나이프 키트를 꺼내 들었다.

돌돌 말려 있는 나이프 키트의 끈을 풀자 안에는 다양한 칼들이 있었다.

흔히 쓰이는 28cm 정도 사이즈의 셰프 나이프부터 시작해서 가니쉬 등의 작은 채소를 손질할 때 사용하는 패링 나이프 등.

도진은 그중에서도 세 개의 칼을 꺼냈다.

22cm 정도임에도 덩치가 큼직해 머리뼈를 쪼개고 관절을 가르는 등의 용도로 사용되는 요데바.

더 작고 세밀한 절단을 해야 할 때 사용하는 아담한 12cm 정도의 페티 나이프.

육류나 생선을 얇게 썰 때 사용되는 스지히키는 대략 28cm 정도로 도진이 방금 꺼낸 세 칼 중에서도 가장 길고 늘씬했다.

모두 생선 손질을 위해 꺼내 든 칼이었다.

비록 첫날에는 꼬미 주제에 요란스럽게 개인 장비를 꺼내 드는 것이 다른 이들의 눈에 고깝게 보일 가능성이 컸기에 꺼내지 않았지만······.

'내가 개비의 자리를 채운 걸 알게 되면 어찌 됐든 아니꼽게 보는 이들이 있을 거야.'

이제는 그런 부분에 대해서 크게 신경 쓰지 않기로 마음먹은 도진이었다.

아니, 오히려 지금까지 사람들이 너무 우호적이었다고 봐도 무방했다.

주방에서 일하는 사람들, 특히 이런 유명 파인다이닝에 일하는 사람들일수록 예민하고 성미가 날카로운 이들이 많을 가능성이 컸다.

미슐랭 쓰리 스타는 받기가 힘든 만큼, 그 별을 지키는 것은 자존심이고 자긍심이었다.

그렇기에 엄격을 넘어서 예민할 수밖에 없는 주방의 분위기에 대한 압박과 부조리, 심한 경우에는 인격모독에 임금체불, 그리고 폭력과 노동 시간 초과까지.

오죽하면 일반 레스토랑에서 날고뛴다는 요리사들도 파인

다이닝에서 일하게 되면 제일 먼저 무너지는 게 멘탈이라고 할 정도였다.

게다가 이곳은 한국이 아니었다.

그러니 보통 으레 겪는 주방에서의 부조리들에 더해서 인종차별이 있는 경우도 허다했다.

하지만 '르 베르나르댕'의 주방에서는 그러지 않았다.

이곳에서 사람들이 도진에게 호의적인 시선을 살 수 있었던 건 모두 전적으로 루카스 덕이라고 생각했다.

신기한 인연이었다.

제대로 설명을 읽지 않아 함께 지내게 된 호스트가 설마 미슐랭 쓰리 스타의 요리사였다니.

물론 도진이 제일 말단으로 들어와 눈치껏 일을 잘했다는 것도 그들이 자신에게 호의적일 수 있었던 큰 이유 중 하나일 터였다.

'꼬미로 들어왔던 내가 개비의 자리를 차지해 버렸으니, 이제는 분명 나를 아니꼽게 보는 이들도 나타나겠지.'

나이프 키트를 다시금 돌돌 말아 한쪽으로 밀어 둔 도진은 칼들의 칼날을 체크했다.

'한번 갈까.'

오랜만에 꺼낸 칼들이었기에 도진은 으레 다른 셰프들이 그러하듯 무의식적으로 숫돌에 칼을 가져갔다.

도진의 손이 이끄는 대로 매끄럽고 축축한 숫돌 위에서 미끄러지는 칼날은 순식간에 예리한 빛을 띠었다.

미국에 오기 전까지도 매일같이 칼을 갈아 왔기 때문에 몇 번 문지르지 않았음에도 칼날이 번쩍이는 것을 확인한 도진이 만족스러운 미소를 지었다.

'이제 손질을 한번 시작해 볼까?'

도진이 모든 준비를 해 둔 것을 확인한 개비는 놀라기도 잠시, 이내 '어차피 스테판이 다 해 준 거겠지'라는 결론에 다다랐다.

'아침에 이것저것 알려 줬다더니, 저것도 미리 세팅해 줬나 보군.'

개비는 아무리 지금 도진이 자신만만한 태도로 일관하고 있다고는 해도, 머지않아 자신에게 도움을 요청할 것이라고 생각했다.

그렇게 개비는 도진을 가만히 지켜보았다.

도진은 박스에서 맨 처음 꺼내 온 가자미를 집어 도마 위에 올렸다.

롱 아일랜드 해안에서 조금 떨어진 대서양에서 잡은 흰색의 넓적한 생선인 가자미는 진주 빛깔을 띤 축축하고 예민한 생선이었다.

천재셰프
회귀하다

평균적으로 900그램에서 1,400그램 사이였지만 많게는 4,500그램까지 나가는 것도 있었다.

가자미의 살은 부서지기 쉽지만 꽉 차 있었다.

여러 맛과 잘 섞이기도 하지만 본연의 향도 잘 간직했기 때문에 다양한 요리에 쓰이고 맛도 훌륭했다.

그렇기에 많은 사람들이 좋아하는 생선이었지만, 가자미는 대부분의 생선 중에서도 억센 편이라 많은 조리 기술이 잘 통하지 않았다.

쉽게 말하자면, 손질하는 게 만만치 않다는 뜻이었다.

개비는 도진의 선택에 속으로 미소를 지었다.

'쉽지 않을 텐데……'

그는 잠시 손질하는 척을 하다 이내 쉽지 않다는 것을 깨닫고 자신에게 다가와 도와 달라고 말하는 도진의 모습을 상상했다.

그리고 어떻게 해야 이해할 수 없을 만치 높은 도진의 콧대를 꽉 눌러 줄 수 있을까 고민하는 사이.

도진이 칼을 들고 가자미를 손질하기 시작했다.

가자미의 등뼈는 몸통 중앙까지 곧장 내려왔다.

대부분의 생선은 왼쪽과 오른쪽 두 부분으로 나눠지지만 넙치와 가자미 같은 납작한 생선은 위편 오른쪽, 위편 왼쪽, 그리고 아래편 오른쪽, 아래편 왼쪽.

이렇게 총 네 부분으로 나뉘어졌다.

만약 이런 종류의 생선을 많이 다뤄 보지 않은 조심성 없는 요리사라면 그저 네 부분으로 잘라 낼 것이 분명했다.

훈련이 덜 된 사람이라면 그렇게 손질한 사람의 형편없는 실력을 눈치채지 못하겠지만.

개비와 같이 칼을 잘 다루는 요리사라면 위쪽 두 부분과 아래쪽 두 부분의 연결이 끊어지지 않게 잘라 낼 수 있었다.

물론 그것은 매우 공을 들여야 했고, 자신과의 경쟁이 분명했지만, 개비는 언제나 그 속에서 승리를 꿰찼다.

그에게는 속이 꽉 찬 가자미 살을 얻어 낼 수 있는 실력이 있었다.

그리고 그 실력은 그의 자부심이 되어 주었고, 도진의 실력을 의심할 수 있는 근거였다.

'딱 봐도 이제 막 주방에 들어온 애를, 이렇게 생선 손질까지 시켜 버리는 게 말이나 되는 일이야?'

개비는 도진이 눈앞에 있는 가자미의 손질을 망쳐 버릴 것이라고 확신했다.

개비는 눈앞에 벌어지는 상황을 의심할 수밖에 없었다.

도진의 손에 쥐어진 칼은 살 깊숙이 들어가 등뼈를 따라 살을 갈랐다.

능숙한 손놀림이었다.

주변의 소음에도 불구하고 생선을 손질하는 도진의 손은 멈추지 않고 끊임없이 자신이 해야 할 일을 착실히 실행했다.

천재셰프
회귀하다

등뼈를 발라 살을 분리하고, 무게를 달고 포장하고 얼음으로 덮고.

그 모든 과정에 불필요한 동작은 찾아볼 수 없었다.

마치 입력된 프로그래밍을 출력하는 기계 같은 움직임이었다.

개비는 자신이 생각한 것과는 전혀 다른 쪽으로 흘러가는 분위기에 당황스러움을 감추지 못했고, 도진에게 물을 수밖에 없었다.

"너, 대체 뭐 하는 녀석이야?"

미간을 찡그리며 자신을 한껏 경계하는 표정으로 묻는 개비의 모습에 도진이 슬며시 미소를 지으며 말했다.

"통성명은 아까 끝낸 것 같은데, 아닌가요?"

그렇게 말하면서도 도진은 움직이는 손을 멈추지 않으며 말을 덧붙였다.

"그보다, 계속 그렇게 가만히 서 있을 건가요? 손이 있으면 좀 돕는 게 어때요?"

그 말에 얼이 빠진 채 있던 개비가 신경질을 냈다.

"하! 어이가 없으려니까 정말. 내가 너보다 몇 배는 더 빠르고 정확하게 할 수 있어!"

도진은 그런 개비의 모습이 그저 우스웠다.

'이제 스물네 살이라고 그랬나.'

스테판에게 듣기로 개비는 열일곱에 처음 주방에 들어와 이제 올해로 8년 차 요리사였다.

경력으로 따지면 적지 않았지만, 그래도 아직 젊은 나이였다.

특히 이렇게 자신의 도발을 참지 못하는 것을 보면 영락없는 애였다.

조금만 더 건드리면 금방이라도 화를 낼 것만 같은 개비의 모습에 도진은 조금 더 놀리고 싶은 마음을 꾹 참았다.

곧 있으면 서비스가 시작될 것이었고, 오전 서비스는 인수인계를 명목으로 개비와 함께 일할 수밖에 없었다.

'괜히 더 건드렸다가는 좋을 게 없지.'

도진은 오늘은 더 이상 그를 건드리지 않기로 마음먹었다.

주방의 하모니를 깨는 것 중 도진이 생각하는 가장 위험하다고 생각되는 요소는 분노였다.

주방에는 꽤나 다양한 종류의 화가 존재했고, 각각의 화는 그 나름대로 위험성을 보여 줬다.

예를 들어 서비스 중 실수를 하게 되면 즉시 공격이 뒤따를 것이다.

만약 접시를 깼다면 '멍청하다'라는 소리를 듣게 될 것이고, 픽업을 질질 끌었다면 '느려 터졌다.'라며 질타할 것이었다.

고기를 너무 오래 구웠다면 '고무신을 만들었냐?'는 소리를 할 게 분명했다.

만약 손님이 많고 주문이 몰려 한껏 긴장한 상태가 되거나 비평가들이 왔을 때는 주방에 있는 모두의 위기감이 높이 치솟아 모두가 완벽한 서비스를 해내기 위해서 매우 열심히 임하는 순간, 실수를 하게 된다면 다른 이들에게 불필요한 응급 상황을 만들게 되는 게 분명했다.

그런 경우에는 분노가 훨훨 타오르다 못해 폭력적으로 변할 수도 있었다.

만약 셰프라면 사고를 친 당사자에게 접시를 던지며 그의 자리를 뒤엎을 수도 있었고, 심지어는 목덜미를 잡고 길바닥에 내던지는 경우도 있을 수 있었다.

라인 쿡이라면 순식간에 다가와 뜨겁게 달군 접시로 팔뚝을 지질 수도 있었다.

이렇듯 열기가 달아오르면 모든 사람이 서로에게 위협적인 존재로 변하기 쉬웠다.

'그래도 서비스 중에 화나면 뒤끝이 없지.'

한순간 광분한 결과일 뿐 마지막 손님이 오기 전에 사라지는 경우가 허다했다.

하지만 서비스를 시작하기 전에 생긴 분노는 종류가 조금 달랐다.

그것은 천천히 타오르는 화상이었고 덩굴처럼 싹이나 마침내 늦은 밤 누군가의 목을 조를 수도 있는 씨앗과도 같았다.

만약 여기서 자신이 개비의 신경을 조금만 더 건드린다면 분명 그의 마음 한구석 어딘가에서 작은 불꽃이 생겨 분초마다 더 크게 옮겨붙을 게 뻔했다.

그렇게 되면 점점 더 커지는 긴박감이 하는 일마다 그를 쫓아다니게 되고 머지않아 별것도 아닌 것에 속 좁게 폭발하게 되기 쉬웠다.

물론 지금 도진을 못마땅해하는 개비라면 더욱 그런 모습을 보이기 쉬울 터였다

하지만 주방에서, 특히 바로 옆에서 함께 일하게 되는 이를 그런 식으로 자극해 화나게 만든다면 심각한 결과가 뒤따를 수 있었다.

그의 성격이 나빠 못된 마음을 먹는 게 아니더라도, 언제나 위험이 도사리고 있는 곳이 주방이었기 때문에 분노는 실수로 이어지기 쉬웠다.

씩씩대며 생선을 손질하는 개비의 모습에 도진은 이쯤에서 그에게 조금은 숙이고 들어가는 게 낫겠다고 생각했다.

'어쨌든 하루아침에 처음 보는 어린애한테 밀려나게 되었

으니, 화가 날 법도 하지.'

도진은 움직이던 손을 멈추고 슬며시 개비를 바라보며 물었다.

"이건, 어떻게 손질해야 할까요?"

개비같이 자신의 실력에 대한 자부심이 상당하고 뽐내기 좋아하는 상대에게는 최고의 질문이었다.

'르 베르나르댕'의 수 셰프 스테판은 오늘의 주방 공기가 유독 마음에 들었다.

주방의 모든 요리사의 컨디션이 좋아 보이는 것은 물론이고, 각자의 자리에서 자신이 해야 할 일을 해내고 있었다.

게다가 오늘 들어온 물건들은 어찌나 상태가 좋은지, 셰프가 보아도 단번에 고개를 끄덕일 만큼 최상품이 틀림없었다.

어쩐지 오늘 하루만큼은 모두 자신이 원하는 대로 이루어질 것만 같았다.

'오늘은 브라이언의 화를 돋울 일이 없을 것 같은걸.'

이곳의 헤드 셰프인 브라이언은 '르 베르나르댕'에 자랑스럽게 걸려 있는 세 개의 별을 십일 년 동안이나 지킬 만큼 실력이 뛰어났고.

그와 동시에 그만큼 예민한 성미를 지니고 있었다.

그런 그의 밑에서 6년째 함께 일하고 있는 스테판은 이제는 브라이언이 눈썹을 움직이는 모습만 봐도 어떤 기분인지 알 수 있을 지경이었다.

'처음 브라이언과 함께 일할 수 있게 되었을 때는 정말 기뻤는데.'

이제는 '르 베르나르댕'에 있는 게 아니면 어색할 만큼 이곳이 익숙한 스테판은 사실 헤드헌팅으로 '르 베르나르댕'에서 일하게 된 것이었다.

시작은 사실 이곳 뉴욕이 아닌 프랑스 파리였다.

그는 열여섯 살의 나이로 학교를 그만두고 파리로 가 르꼬르동 블루에서 요리를 공부하고는 프랑스와 영국, 이탈리아의 3성급 레스토랑을 돌며 3년간의 실습생으로 일했다.

대부분의 젊은 요리사들이 흔히 거치는 코스 중 하나였다.

유럽으로 가서 하루에 열여덟 시간씩 일하며 살다가, 좀 더 멋진 사람이 되어 다시 돌아오는 것.

스테판은 불독 같은 셰프에게 윽박과 수난을 당해야만 그나마 숙식이라도 제공받고 술 한잔 얻어먹을 수 있던 그런 세대를 거쳤다.

그렇게 미국에 돌아온 스테판은 한 시간도 낭비하지 않고 몇 주 만에 생선요리를 전문으로 하는 최신식 프랑스 레스토랑의 라인에서 한 자리를 꿰찼다.

그곳은 미슐랭 가이드에서는 별 세 개를, 타임지에서는 네

개를 받은 곳이었다.

그렇게 스물두 살에는 경쟁자들을 줄줄이 낙방시키고 서열 2위인 셰프 드 퀴지니에.

이른바 수 셰프가 될 수 있었다.

스테판이 그렇게 될 수 있었던 데에는 유창한 언어 실력과 유럽에서의 경험, 그리고 경쟁하면서 성장하는 자신의 모습을 즐겼던 점들이 큰 도움이 되었다.

윌리엄스버그의 허름한 술집에서부터 업타운의 화려한 레스토랑까지, 직접 가게를 오픈해 운영하기도 했고, 레스토랑 오픈이나 요식업과 관련된 산업 등 모든 것에 관한 컨설팅을 하며 전국을 돌아다니기도 했다.

그때 그의 나이는 고작 스물여섯 살이었다.

어린 나이었지만 짱짱한 경력 덕분에 기업 컨설팅이나 텔레비전에 출연하면 10만 달러도 쉽게 벌 수 있는 스테판이었지만.

그는 우연찮은 기회에 브라이언과의 인연이 되어 그에게 함께 일해 보지 않겠냐는 제안을 받았을 때.

그 어느 때보다도 기뻤다.

그도 그럴 것이.

브라이언이 지키고 있는 이 '르 베르나르댕'이 스테판에게는 꿈을 시작하게 만든 장소나 다름없었기 때문이다.

멋모르고 아버지의 손에 이끌려 왔던 '르 베르나르댕'에서의 식사는 스테판의 인생을 송두리째 바꿔 놓았다.

그것이 수많은 경력을 쌓은 스테판을 이곳에 서 있게 한 이유였다.

물론 '르 베르나르댕'에서 일한다는 것은 여느 주방과 별다를 필요가 없었지만, 스테판에게는 의미가 남달랐던 이유고, 그가 아직까지도 이곳에 남아 있는 이유였다.

스테판은 브라이언과 함께 일하며 셰프로서의 리더십과 투지, 그리고 활기를 배웠다.

그리고 이내 자신의 이름을 내건 레스토랑을 차리고 싶다고 생각하는 지점에 도달했다.

하지만 쉬이 그럴 수 없었던 것은, 스테판이 맡고 있는 오프닝 수 셰프의 자리를 대체할 사람이 없었기 때문이다.

'내 자리를 채워 줄 수 있는 사람만 있다면……'

몇 번의 기회가 있었지만, 그때마다 번번이 자신의 자리를 대체할 사람을 구하기 힘들어 스테판은 못내 '르 베르나르댕'의 주방이 눈에 밟혀 쉬이 떠날 수도 없었다.

정든 이곳이, 이 사람들이 자신이 떠났다 하더라도 안정적으로 굴러갔으면 하는 바람 때문이었다.

몇 번의 구직 광고를 통해 면접을 보기도 했지만, 조건이 맞지 않아 함께 일할 수 없었던 이들이 많았다.

그래서 결국 지금 함께 일하고 있는 이들 중에 마땅한 인재가 없는지 눈을 돌리게 되었다.

스테판이 다음 수 셰프의 자리에 가장 큰 후보로 생각하고 있는 이는 루카스와 개비, 두 사람이었다.

그러나 두 사람 모두 조금 아쉬운 감이 없지 않아 있었다.

루카스의 경우 성격이 좋아 다른 이들과 원만하게 지내며 다른 요리사들을 통솔할 수 있는 리더십이 있었다.

하지만 아직은 실력이 조금 아쉬웠다.

개비는 실력은 있었지만, 책임감이 부족했다. 워낙 뛰어난 실력으로 빠르게 셰프 드 파티까지 올라온 탓인지, 그 자리에 대한 책임이 너무 적었다.

그러던 와중 갑작스럽게 나타난 도진은 스테판에게 좋은 아이디어를 떠올리게 했다.

'어차피 몇 개월 후에 떠나게 된다는 것을 아는 것은 나랑 셰프, 그리고 루카스뿐이야.'

수 셰프의 자리에는 올릴 수 없어도, 루카스나 개비에게 좋은 자극제가 될 수 있으리라 생각했다.

루카스에게는 단기간 내에 함께 생활하며 실력을 향상시키는 것은 물론이고, 개비에게는 언제든 자리를 대체할 수 있는 이가 있다는 것을 일깨움으로써 책임감을 길러 줄 수 있을 터였다.

그리고 지금, 그의 그런 추측은 더할 나위 없이 만족스러울 정도로 드러나고 있었다.

"그래서 이건 어떻게 하냐면 말이지, 여기 아가미 부분에 손을 넣어서 고정을 시키고······."

방금 전까지만 해도 표정을 구긴 채 안절부절못하고 있던 개비는 도진의 말 몇 마디에 금세 신이나 조잘조잘 떠들고 있었다.

그 모습을 본 스테판은 개비가 드디어 제대로 된 '임자를 만났구나.'라며 생각했다.

도진은 그야말로 개비를 쥐락펴락하고 있었다.

그가 자신의 설명을 잘 이해했다면, 분명 개비를 개과천선 시켜 줄지도 모른다는 희망이 생겼다.

'생각이라는 게 있다면 개비도 바뀌겠지.'

스테판은 이제 자신도 이곳을 떠날 수 있으리라 생각하며 서비스 전 미팅 시간에 낼 스페셜 메뉴를 준비하기 시작했다.

서비스 미팅을 시작하기 15분 전.

미즈 앙 플라스(Mise en Place:모든 것을 제자리에 놓는다는 뜻의 프랑스어. 음식을 만들기 전 모든 재료와 도구들을 정해진 위치에 놓은 것.)의 세팅을 끝낸 요리사들은 저마다 잠깐의 휴식을 위해 자리를 비웠다.

도진은 개비도 그중 하나일 것이라고 생각했다.

"개비는 담배 피우러 안 가나요?"

그 말에 개비가 코웃음을 치며 말했다.

"나는 담배 안 피워."

"네? 정말요?"

너무나 의외의 말에 놀란 도진이 개비에게 되묻자 그의 얼굴에 묘한 표정이 떠올랐다.

"내가 그렇게 담배를 피울 것 같은 인상인가?"

"아니요. 듣기로는 술을 좋아한다고 들어서요. 보통 술 좋아하는 사람들은 다들 담배도 피우던데, 개비는 왜 안 피워요?"

도진의 말에 개비가 미간을 찌푸렸다.

"그거랑 그건 다르지!"

상당히 할 말이 많은 모양새에 도진이 웃음을 터트리며 물었다.

"다음 날 출근에 지장이 있을 정도로 술을 마시는 분이, 일하다 잠깐 쉬는 시간에 담배를 피우는 건 허용할 수 없나 보죠?"

조금의 비아냥거림이 담긴 말이었지만, 딱히 반박할 말을 찾지 못한 개비는 결국 한숨을 푹 쉬며 말했다.

"담배는 맛에 영향이 가잖아."

도진은 개비의 입에서 나온 의외의 말에 놀란 듯 눈을 크게 떴다.

개비의 말처럼 담배를 피우면 맛에 영향을 줄 수 있기 때문에 경험이 많은 대부분의 셰프는 담배를 피우지 않았다.

아무리 손을 깨끗하게 씻어 위생을 신경 쓴다고 하더라도 옷이나 머리카락에 남은 담배의 잔향이 요리에 영향을 끼칠 수 있기 때문이었다.

개비는 도진의 놀란 반응에 머쓱한 듯 말했다.

"아무리 그래도 나는 요리사라고!"

"알겠어요. 개비가 요리사라는 건 당연히 알고 있죠."

도진은 어쩐지 분해하는 개비의 모습을 뒤로하고 주방을 둘러보다 이내 한쪽 스테이션에서 바쁘게 움직이는 스테판의 모습을 보고는 개비에게 물었다.

"오늘 수 셰프는 왜 저렇게 바빠 보이는 거예요?"

도진의 물음에 개비는 씩 웃었다.

자신은 알고 있는 것을 도진이 모른다는 게 만족스러운 듯한 미소였다.

"저건 오늘 스페셜 메뉴를 준비하는 거야."

셰프의 자질

"스페셜 메뉴요?"

"매주 수요일에는 셰프가 새로운 메뉴를 하나씩 내놓거든. 메뉴판에서 오늘의 메뉴라고 본 적 없어?"

개비의 말에 그제야 메뉴판에서 얼핏 스쳐본 '오늘의 메뉴'에 대해 떠올린 도진은 이해했다는 듯 고개를 끄덕였다.

"그게 그런 거였어요?"

"맞아. 서비스 나가기 전에 홀 직원들이 먹어 봐야지 손님들에게 설명할 수 있으니까. 그래서 시식용으로 만드는 거야."

귀로는 개비의 설명을 들으면서도 도진은 스테판과 브라이언의 움직임에서 눈을 떼지 못했다.

셰프인 브라이언은 테린에 쓸 샐러드를 버무리며 접시에 담을 준비를 하고 있었고, 스테판은 아노로티에 쓸 팬 소스를 긁어모은 후 버터와 허브를 위에 띄우고 있었다.

그리고 곧장 살라만더 아래에서 접시를 데우는 모습이었다.

브라이언이 스테판을 바라보며 낮고 조용히 '5분.'이라고 말했다.

5분 안에 모든 음식을 한꺼번에 패스로 보내 셰프가 모두 접시에 담을 수 있도록 하라는 뜻이었다.

스테판은 힘차게 '예, 셰프!'라고 대답했다.

두 사람은 오랜 시간 합을 맞춰 온 만큼 몇 마디 안 되는 말로도 서로의 움직임을 컨트롤했고, 도진은 그 모습을 감탄하며 바라보았다.

개비는 그런 도진을 바라보며 물었다.

"봤지? 저 사람들이 이곳의 헤드 셰프와 수 셰프로 있는 거야."

자신이 두 사람 사이에 끼어 있지도 않은데 어쩐지 개비의 어깨만 한껏 올라간 듯했다.

개비도 이곳에서, 브라이언과 스테판과 함께 일한다는 것이 퍽 자랑스러운 듯한 모양새였다.

그 모습에 도진이 슬며시 웃음을 터트렸다.

"누가 보면 지금 개비가 '르 베르나르댕'의 사장인 줄 알겠어요."

그 말에 개비가 얼굴을 붉히며 말했다.

"아니, 그런 뜻이 아니라……"

도진은 개비가 당황한 틈을 타 그에게 물었다.

"개비는 셰프의 자질이 뭐라고 생각해요?"

"그거야 당연히 실력이지."

"정말요? 그거면 될 것 같아요?"

"주방 최고의 자리에 오르는 게 실력 말고 중요한 게 뭐가 있어."

도진은 개비의 어린아이 같은 단순한 대답에 슬쩍 웃었다.

"하지만 셰프가 된다는 것은 요리 실력만으로는 되는 게 아닌걸요. 그런 거라면 지금 성공한 셰프가 아닌 사람은 없을 거라고요."

날카로운 도진의 말에 개비는 멈칫했지만, 자신의 주장을 굽히지 않았다.

"그러면 뭐가 중요한데? 요리사는 실력으로 말하는 거야!"

"그냥 요리사가 아니라 그 요리사들을 모두 어우르고 통솔해야 하는 셰프는 얘기가 다르죠."

도진의 말에 반박할 수 없었던 개비는 입술을 꽉 깨물었다.

뭐라도 말하고 싶었지만, 그렇게 깊이 생각해 보지 않았던 질문이었기 때문이다.

그저 막연하게 셰프가 되고 싶다는 생각만 해 왔던 개비는 도진의 말들에 말문이 막혔다.

"개비는 지금 그 자리에 만족해요? 더 높이 올라가고 싶지 않은 거예요?"

반면 도진은 그의 솔직한 진심이 듣고 싶었다.

요리에 대한 열정도 있었고, 요리사로서 의식은 충분했지만, 자신의 자리에 대한 무게에 대해서는 크게 의식하지 않는 듯한 그의 모습이 의아했기 때문이다.

그런 도진의 의문을 눈치채기라도 한 듯 개비는 괜히 눈을 돌리며 대화 화제를 돌리려는 듯 가볍게 말했다.

"안 그런 사람이 어디 있어. 그보다 얼른 셰프가 요리하는 거나 더 지켜보는 게 어때? 이런 기회는 흔치 않다고."

하지만 그렇다고 호락호락하게 넘어갈 도진이 아니었다.

"그래서, 그냥 요리사로 만족해요? 셰프가 되고 싶지는 않아요?"

<hr />

도진은 자신의 질문에 쉬이 답하지 못하는 개비를 잠시 바라보다 이내 고개를 저었다.

'대답을 들으려면 한참은 걸리겠군.'

생각에 빠진 개비를 뒤로한 채 도진은 셰프 브라이언과 수

천재셰프
회귀하다

셰프 스테판이 요리하는 모습을 지켜보았다.

주변에는 어느새 다른 요리사들도 휴식을 마다하고 두 사람이 요리하는 모습을 보기 위해 그들을 빙 두른 채 서 있었다.

요리하는 데에 방해가 되지 않는 선에서 그들이 할 수 있는 한 최대로 가까이 선 모습이었다.

그 모습이 익숙한 듯 그들은 전혀 신경 쓰지 않고 요리를 이어 갔다.

셰프는 서큘레이터에서 익힌 돼지고기를 꺼내 간단히 알 라미뉴뜨.

즉, 불에 빠르게 그슬린 후에 돼지 육즙으로 만든 소스를 끼얹고 백에서 허릿살을 잘라 내 팬에 올렸다.

이미 스테인리스강 소테 팬에 올라가 있던 아귀와 방금 올 린 돼지고기가 지글지글거리는 소리를 서로 주고받으며 하 모니를 이뤘다.

귓가를 간지럽히는 맛있는 소리에 도진이 미소를 지었다.

셰프가 메인이 되는 재료를 다루고 있는 사이, 스테판은 그의 옆에서 가니쉬를 만들고 있었다.

소스 팬 두 개를 스토프 뒤쪽으로 설치되어 있는 와이어 랙 위에 올려놓았다.

도진은 그 모습에 잠시 의문을 가졌지만 이내 그가 무엇을 하려는 것인지 눈치챌 수 있었다.

'와이어 랙을 플레임 테이머로 쓰려는 것이군.'

플레임 테이머(flame-tamer)는 팬에 닿는 불과 열을 조절하기 위해 팬과 스토브 사이에 놓아두는 것으로, 스토브와 팬 사이에 생긴 여분의 공간을 통해 팬에 집중될 수 있는 열을 분산시켰다.

이런 방법으로 어떤 것을 딱 필요한 만큼의 열로 데울 수 있는 스킬이었다.

스테판은 이내 한쪽 팬에는 *보케로네스(멸치를 마늘과 파슬리를 넣은 식초와 올리브 오일에 절인 스페인의 대중적인 음식 중 하나.) 소스를, 다른 쪽 팬에는 *사포리 포르테(*여러 종류의 큼직한 건더기를 넣어 만든 소스) 소스를 국자로 퍼 넣었다.

또 다른 팬에는 도쿄 순무를 넣고 육수 한 국자, 수비즈 한 국자, 버터 한 덩이와 소금 약간을 넣었다.

그러고는 또 다른 팬을 꺼내 렌즈콩을 넣은 그는 오리 기름 한 스푼을 넣고 볶은 후 육수와 버터 한 덩이로 마무리를 했다.

'이제 끝인가?'

도진이 그렇게 생각할 때쯤.

스테판은 또 하나의 팬을 꺼내 당근 퓨레를 넣고 거품이 일어날 때까지 저었고, 또 다른 팬에는 엔다이브를 넣고 브레즈한 주스를 넣어 부글부글 끓을 때까지 조리했다.

총 여섯 개의 팬.

스테판은 그중 하나라도 놓치지 않기 위해 집중한 눈초리로 시간을 낭비하지 않고 청어 두 마리를 꺼내 *플란차(*음식을 굽는 철판. 보통은 스토브 세트의 한 구로 평평한 모양을 하고 있다.) 위에 얹었다.

그러고는 간을 맞추기 위해 하나씩 맛을 보며 여기는 한 움큼 더, 저기는 몇 방울 더.

그러고는 스푼으로 저어 주고, 팬을 흔들기를 반복하는 스테판의 모습은 경이로울 정도였다.

도진은 바로 옆에 돼지고기를 뒤집는 셰프의 모습을 바라보았다.

그는 돼지고기를 뒤집고 있었는데, 막 구워진 면은 황금빛으로 노릇노릇하게 구워져 있었다.

아귀도 마찬가지였다.

'완벽한 빛깔인걸. 군침이 돌 정도야.'

음식 표면의 온도가 150도 가까이 오르면 음식 안에 있는 특정 당이 특정 아미노산과 반응하기 시작해 질소화합물과 멜라노이딘을 생성했다.

바로 이 물질이 감미로운 맛과 향을 만들어 내는 물질이었고. 이런 반응을 메일라드 반응이라고 불렀다.

도진은 눈앞에 보이는 그 현상에 온몸에 닭살이 돋은 듯한 기분이 되었다.

"2분 지났네."

셰프가 말하자 스테판도 '2분'이라며 동시에 대답했다.

으레 주방에서 쓰이는 간편하고도 간결한 소통 방식이었다.

요리를 완성하는 데 총 4분의 조리 시간이 필요했고, 방금 셰프가 2분이 지났다고 말했으니 2분 뒤면 아귀와 돼지고기는 플레이팅을 하기 위한 준비를 하고 있어야 했다.

물론 그 외의 가니쉬들도 모두.

셰프는 짧은 한마디를 끝으로 아귀의 온도를 더 빨리 올리려는 듯 버터 한 덩이를 팬에 올렸다.

그리고 버터가 녹자 바로 아귀 위에 끼얹으며 아로제를 시작했다.

팬을 기울여 한쪽에 버터 웅덩이를 만들어 조리하는 셰프의 움직임에는 군더더기가 없었다.

버터를 휘저으며 스푼으로 열을 가하자 버터가 거품을 내며 갈색으로 변했다.

이런 '아로제' 기술을 쓰게 되면 생선에 닿은 면뿐만 아니라 생선의 모든 부분을 동시에 조리할 수 있었기에 셰프들이 으레 쓰는 방법이었다.

게다가 이 과정을 거치며 버터도 메일라드 반응을 겪으며 한층 더 기름진 풍미를 발생시키는데, 그렇게 풍미가 가득해진 버터를 생선에 끼얹을 때면 그 풍미는 그대로 생선의 하얀 속살에 스며들었다.

천재셰프
회귀하다

하지만 그것만으로는 만족할 수 없는 듯.

셰프는 짓이긴 마늘 한쪽과 신선한 백리향을 추가해 풍미를 더 살리는 모습에 도진은 두근대는 심장을 쉬이 진정시킬 수 없었다.

'빨리 먹어 보고 싶다.'

하지만 요리가 완성되려면 아직은 시간이 조금 더 필요했다.

아로제로 아귀를 익히기를 1분 정도 시간이 지났을 때.

셰프는 아귀가 잘 익었는지 확인하려는 듯한 움직임을 보였다.

도진은 그 모습을 흥미롭게 바라보았다.

돼지고기는 조리하는 동안 육질이 변하기 때문에 눈으로 보거나 손으로 만져 보면서 잘 익었는지 확인할 수 있었다.

고기가 잘 익었으면 손으로 찔러 봤을 때 뭔가가 저항하는 듯한 어떤 익숙한 느낌이 있었다.

하지만 아귀는 좀 더 교묘했다.

그냥 생선을 구운 것이 얇게 핀 아귀 살 위에 소를 채워 넣고 돌돌 말아 구운 룰라드의 형태를 띠고 있었기 때문이다.

룰라드는 안에 들어 있는 재료들이 많았기 때문에 눈으로 보거나 손으로 만져 보는 것만으로는 속까지 잘 익었는지 측정하는 것은 매우 어려운 일이었다.

그 속에는 가공하지 않은 푸아그라도 있기 때문에 조리가 정말 골고루 잘되어 있는지 확인해야 했다.

'보통 이런 경우에는 케이크 테스터만 한 게 없지.'

도진의 예상대로 셰프는 연필 길이의 얇은 금속 핀의 모양을 한 케이크 테스터를 꺼내 생선 중앙으로 쑥 집어넣었다.

그러고는 10초 정도 시간이 흐르자 핀을 뺀 다음에 바로 아랫입술 밑에 가져다 댔다.

'따뜻하면 요리가 다 되었다는 뜻이지.'

이 기술은 수백 년이나 된 기술이었다.

원시적인 방법 같아 보이기는 해도 이 또한 복잡한 과학 이론을 따른 방법이었다.

박테리아가 죽고 단백질의 성질이 변하기 시작하는 온도는 54도다.

사람의 피부가 열을 느끼는 온도는 약 49도였으니, 경험적인 증거에 따라 금속 핀의 열은 조리된 음식에서 빼내어 아랫입술에 닿기까지 평균적으로 10도가 내려간다.

따라서, 케이크 테스터를 입에 댔을 때 따뜻하면 아귀가 충분히 익었다는 뜻이었다.

"좋아. 다 되었군."

셰프가 고개를 끄덕이며 그제야 뒤를 돌아 스테판을 바라보았다.

셰프는 그를 향해 한 번 더 '준비됐나?'라며 물었고, 스테판은 고개를 끄덕이며 대답했다.

"네, 셰프."

그의 대답에 셰프는 돼지고기와 아귀를 팬에서 건져 키친 타올로 안을 댄 작은 금속 드롭 트레이에 담았다.

육즙시 살 안쪽 전체에 다 스며들게 하기 위해 잠시간의 휴지 기간을 가지는 동안.

스테판은 마지막으로 가니쉬를 확인하고 있었다.

간이나 온도, 그리고 농도가 적당한지 한 번씩 맛을 본 다음에, 완벽한 상태라고 판단이 되면 하나씩 패스로 밀어 냈다.

셰프는 그것들을 받아 우아한 손길로 접시에 요리를 담기 시작했다.

도진은 그런 그들의 합에 감탄함과 동시에 셰프가 접시에 음식을 담는 모습을 한 순간이라도 놓치지 않으려는 듯 목을 빼고 그의 손끝에 시선을 집중시켰다.

지금 이 순간 주방의 주인공은 단연코 셰프 브라이언이 분명했다.

반면 도진의 질문에 허를 찔린 개비는 당황한 기색을 감추지 못하고, 셰프와 수 셰프가 요리하는 모습에도 쉬이 집중하지 못했다.

'그냥 요리사로 만족하냐니.'

당연히 그럴 리가 없었다.

요리를 하는 사람들은 모두 자신만의 요리를 하고 싶어 했다.

그리고 그것을 위해서 셰프가 되는 것은 당연한 수순이었다.

하지만 개비는 쉬이 대답할 수 없었다.

이런 적은 처음이었기에 뭐라고 반박하지도 못한 그를 구해 준 것은 다름 아닌 셰프 브라이언의 목소리였다.

"좋아, 이제 내가지."

오늘의 스페셜 메뉴로 내갈 요리를 완성한 그가 시식을 위해 홀로 나가는 것이었다.

홀에는 모든 홀 직원이 힘들 합쳐 손님을 맞이할 준비를 하고 있었다.

서버들은 은식기류와 피라미드 모양으로 접은 냅킨을 세팅하고 백웨이터들은 식탁보를 다림질하고 테이블 중앙에 장식을 놓고 있었다.

바텐더들은 귤을 자르며 칵테일을 따르고 있었고, 바텐더 보조들은 로우보이에 맥주병을 채우며 스피드랙(바퀴가 달린 앵글 선반)에 소다수를 채우고 있었다.

메트로도텔과 호스티스는 예약 장부를 꼼꼼히 확인하며 손님이 언제 몰릴지, VIP 고객은 누구며 언제 올지 체크하는 모습이었다.

매니저는 꽃 장식은 잘됐는지, 모든 것이 청결한 상태인지 철저하게 검사하고 있었다.

모두가 자신의 일에 집중을 하고 있는 모습이었다.

하지만, 이내 셰프가 홀에 들어서자 모든 사람들의 관심이 셰프에게 쏠리게 되었다.

"집중!"

그 한마디에 모두의 동작이 멈췄다.

개비는 그 모습을 보며 작게 감탄했다.

'멋있다.'

카리스마 넘치는 셰프의 모습은 언제 보아도 본받고 싶을 만큼 멋있었다.

셰프는 홀 중앙으로 나갔고, 스테판과 다른 라인 쿡들이 그를 뒤따라가 중앙에 놓인 큰 테이블에 접시를 세팅하기 시작했다.

이윽고 세팅이 끝나자, 셰프가 입을 열었다.

"자, 이제 시식을 해 보도록 하지."

홀 직원들은 가장 좋은 자리를 차지하기 위해 팔꿈치로 서로를 밀치며 급하게 모여들었다.

그 누구도 아닌 셰프 본인이 직접 만든 스페셜을 공짜로 시식해 보는 시간이라니.

누구라도 그럴 것이었다.

모두가 최대한 많이 먹으려고 안달이 난 모양새였다.

사람들이 겨우 자리를 잡자 이내 그 사이로 정적이 내려앉았고, 셰프는 팔짱을 낀 채 스테판을 향해 고갯짓을 했다.

스테판은 목을 가다듬고는 '자.' 하며 입을 열었다.

"에피타이저부터 시작하겠습니다. 첫 번째로 부뎅블랑과 스쿼브 콩피로 만든 먹음직스러운 테린입니다. 로켓, 필버트, 퀸스, 베르쥬가 함께 나갑니다."

누구의 것인지 알 수 없는 손이 공중으로 번쩍 솟아올랐다.

그 모습에 스테판은 짜증이 섞인 표정으로 그 손을 무시하며 말을 이었다.

"부뎅블랑은 돼지고기로 만든 푸딩 스타일의 소시지로 주로 간, 심장, 우유 등을 넣고 만들며 오늘 만든 부데블랑에는 계란도 들어간……."

개비는 그런 스테판의 모습을 하나도 빠짐없이 눈에 담고 있었다.

그리고 그의 옆에 서 있던 도진은, 셰프와 수 셰프를 바라보는 개비의 눈이 반짝거리며 빛나는 것을 가만히 지켜보고 있었다.

***

서비스 시작 전 짧았던 스페셜 메뉴에 대한 프레젠테이션은 빨리 끝났다.

도진은 스테판의 설명을 통해 요리에 대한 맛을 먼저 상상하고 그들이 조리하는 과정을 떠올리며 왜 그 과정이 필요했고, 해당 재료를 선택했는지에 대해 짧은 고민을 했다.

그러고는 맛을 보는 과정을 거쳤다.

도진은 조금 전 먹었던 요리들을 다시금 떠올리며 입맛을 다셨다.

'입은 많은데 요리는 고작 두 접시가 다라니.'

메뉴를 설명해야 하는 서버들 위주로 시작된 시식이 요리사들에게까지 순서가 돌아오기는 쉽지 않았다.

하지만 이미 여러 차례 프레젠테이션을 거친 요리사들의 양보와 스테판의 배려로 도진은 오늘 스페셜로 나가게 되는 메뉴를 모두 맛볼 수 있었다.

셰프의 스페셜 메뉴는 훌륭했다.

역시나 11년째 미슐랭의 마음을 사로잡은 이유가 있었다.

테이블 예약을 못 했다고 하더라도, 비교적 단품으로 시켜 먹는 것도 좋을 것 같았다.

특히 돼지고기와 닭고기 그리고 계란 등의 재료를 돼지 대창으로 감싸서 만든 부뎅블랑의 짭짤한 맛은 녹두로 만든 부드러운 크림소스와 어우러져 입맛을 자극하는 것이, 전채 요리로서의 역할을 톡톡히 했다.

만약 지금 일하는 도중이 아니었다면 맥주나 와인 한 잔이

간절하게 마시고 싶었을 것이다.

다만 아쉬웠던 점은 11년간 한곳을 지킨 헤드 셰프다 보니, 그 이전과 메뉴가 비슷한 느낌을 주고 있다는 것이었다.

게다가 조금 더 맛을 느끼고 싶어도, 워낙 노리는 이들이 많다 보니 겨우 한입 얻어먹는 것이 다였다.

지금은 무대 뒤편에 자리한 덕에 셰프가 요리하는 모습을 볼 수는 있다는 장점이 있었지만.

'이런 점이 아쉽네.'

도진은 못내 한 입도 겨우 먹을 수 있었던 셰프의 요리들의 맛이 입안에 남아 맴도는 기분에 자꾸만 입맛을 다실 수밖에 없었다.

손님이었다면 오롯이 하나의 메뉴를 혼자 독차지해 먹을 수 있었을 것이라는 생각에 더욱 아쉬움이 남는 것일지도 몰랐다.

서비스 전 미팅이 끝나자 직원들은 모두 다시금 저마다 휴식을 갖기 위해 뿔뿔이 흩어졌다.

도진은 잠시 그 자리에 멈춰 서 있는 개비를 바라보았다.

그는 여전히 생각이 많은 얼굴을 하고 있었다.

"개비, 휴식이에요. 지금 쉬지 않으면 언제 쉴 틈이 있을지 몰라요."

"어? 어어. 그래 쉬어야지."

얼떨떨한 표정으로 도진의 말에 고개를 끄덕이며 다시금

주방으로 향하는 개비의 모습에 도진은 그를 뒤따라가며 다시금 물었다.

"그런데 개비, 대답은 언제 해 줄 건가요?"

"무슨 대답?"

도진의 물음에 개비가 잘 모르겠다는 표정으로 뒤를 돌아보며 되물었고.

그에 도진은 이전에 했던 질문을 다시 한번 할 수밖에 없었다.

"그냥 요리사로 만족하냐고요. 개비는 셰프가 되고 싶지 않아요?"

도진의 물음에 개비는 한숨을 푹 내쉬며 대답했다.

"당연히 셰프가 되고 싶지. 지금, 이 주방에서 일하는 사람 중에 셰프가 되고 싶지 않은 사람이 있긴 해? 하지만 되고 싶다고, 하고 싶다고 할 수 있는 게 아니잖아. 그만큼 노력도 해야 하고, 재능도 있어야 한다고 생각해."

그러고는 씩 웃으며 말을 덧붙였다.

"물론 나같이 재능이 출중한 사람은 그런 걱정 할 필요가 없지."

"정말로, 자신해요?"

"그럼, 물론이지. 나는 재능이 있어. 조만간 스테판의 수셰프 자리를 노리게 될 사람이 바로 나라고."

자신만만하게 말하는 개비의 모습에 도진이 코웃음을 치

며 물었다.

"그래서 그 재능으로 지금 저한테 밀려나서 프랩으로 가게 될 처지에 놓인 거고요?"

"야, 너!"

도진의 말에 울컥한 개비였지만, 그는 더 이상 아무 말도 할 수 없었다.

곧 서비스가 시작할 시간이었다.

개비를 한차례 도발한 도진은 서비스가 시작하자, 그를 더욱 비참하게 만들기로 작정이라도 한 듯 맘껏 실력을 뽐냈다.

새로운 메뉴가 들어올 때면 한 차례 개비의 시범이 있었고, 그 이후에는 도진이 혼자서 요리를 완성해 냈다.

마치 몇 번이고 만들어 본 사람처럼 자연스럽게 요리를 완성해 내는 도진의 모습을 가만히 지켜보던 개비는 결국 인정할 수밖에 없었다.

'하, 실력은 있네.'

물론 그가 모르는 사실이 하나 있다면, 도진은 그가 생각하는 것보다 더욱 많고 다양한 경력의 소유자라는 것이었다.

그뿐 아니라 워낙 타고난 노력가였던 도진은 꾸준히 해 왔던 메뉴 개발과 요리 연구 덕에 레시피를 외는 일이라면 이미 통달한 지 오래였다.

물론 한 차례 스테판에게 설명을 듣기도 한데다 생선을 손질할 때 도진의 물음에 신이 난 개비가 혼자서 레시피에 대해 마구 떠들어 대지 않았다면 이리 쉽게 할 수 없었을 터였다.

점심의 서비스는 탄력을 받아 순조롭게 밀려오는 주문들을 처리할 수 있었다.

물론 개비의 자리는 도진이 채운 채로.

가만히 서서 도진이 요리하는 과정에 실수가 있진 않은지 눈에 불을 켜고 지켜보던 개비는 문득 근심에 잠겼다.

'이게 뭐 하는 짓이지.'

바쁘게 돌아가는 주방에서 홀로 가만히 서서 도진의 모습을 바라보고 있는 자신의 꼴이 퍽 우습게 느껴졌기 때문이다.

그러고는 혹시나 하는 마음도 함께 들었다.

'이러다가, 정말 내 자리 뺏기는 거 아니야?'

그럴지도 몰랐다.

자신의 자리를 차지한 채 셰프의 오더를 쳐 내는 도진의 모습은 자연스럽다 못해 여유로울 지경이었다.

이런 개비의 걱정스러운 마음을 아는지, 모르는지 주방은 여전히 바쁘게 돌아갔다.

셰프는 홀과의 커뮤니케이션을 유지하며 먼저 나가야 하는 주문이 있으면 에피타이저가 준비되는 동안 해당 주문서들을 다시 정리해 픽업 그룹을 만들었다.

밀려드는 주문을 그룹별로 묶어 네다섯 테이블에 첫 번째 코스를 내고 나면 요리사들이 해당 테이블에 나갈 두 번째 코스를 시작할 수 있도록 오더를 내렸고.

그사이 다음 픽업에 나갈 첫 번째 코스를 다시 준비하는 식이었다.

셰프는 뒤를 힐끔 돌아 요리사들의 움직임을 체크했다.

그의 시선 끝에는 멀뚱히 서 있는 개비의 모습도 잠시 담겼지만, 이내 아무런 언급 없이 다음 픽업을 준비했다.

"2번, 14번, 12번!"

셰프가 하나의 그룹으로 묶여 동시에 음식을 내가게 될 테이블 넘버를 부르자 요리사들은 일제히 '예, 셰프!'라고 외쳤다.

그리고 자신의 앞에 있는 보드의 픽업 섹션에 주문서를 따로 나열했다.

도진도 셰프의 외침에 맞춰 자신이 해당하는 주문서가 있는지 체크하고는 빠르게 손을 움직여 주문서를 옮겼다.

육류와 생선의 경우 시간에 가장 민감했기 때문에 셰프가 픽업을 외치고 난 뒤, 해당 파트를 담당하고 있는 이들끼리 의견을 나누는 과정도 중요했다.

천재셰프
회귀하다

'아무리 날고뛰어도, 이렇게 바쁜데 그런 대화를 나눌 틈이 있겠어?'

개비는 도진이 그런 것은 미처 체크하지 못할 것이라고 생각했다.

하지만 그런 개비의 생각은 너무나 쉽게 무너질 수밖에 없었다.

자신의 자리를 대신하고 있는 도진은 이미 무엇이 중요한지 알고 있다는 듯 자연스럽게 육류를 담당하는 줄리오에게 시선을 옮긴 채였다.

"저는 4분이요."

"오케이, 4분!"

고기보다는 비교적 빠르게 조리되는 생선의 조리 시간에 맞춰야 하는 줄리오는 고개를 끄덕이며 도진이 말한 숫자를 다시금 외쳤다.

"4분!"

나머지 요리사들도 확인차 그 말을 따라 했다.

시간이 결정되고, 각자의 자리에 배치된 타이머를 세팅한 요리사들은 이내 작업에 들어갔다.

지글지글, 보글보글하는 자칫 소란스럽게 느껴질 수 있는 이 소리들은 일정한 리듬을 타고 있어 오히려 침묵처럼 느껴졌다.

모두 무엇을 해야 하고 얼마나 걸릴지 잘 알고 있었기 때문에 지금, 이 순간만큼은 그들이 말할 필요가 없었다.

주방에는 오롯이 요리하는 소리밖에 들리지 않았다.

개비는 이 순간을 좋아했다.

주방에 있는 동안 내면의 공간으로 깊이 들어가 자신이 해야만 하는 일에 빠지는 순간.

그 순간이야말로 개비는 살아 숨 쉬는 듯한 기분을 느꼈다.

하지만 오늘은 조금 달랐다.

다른 때와는 다르게 최전선에서 한 발짝 물러나 있었기 때문일까.

바쁘게 움직이는 다른 동료들 사이에 가만히 선 채 며칠 전까지만 해도 자신의 자리였던 곳에서 요리하고 있는 도진을 가만히 바라보았다.

그러고는 순간 심각한 표정이 될 수밖에 없었다.

'잠깐, 이거 혹시…… 나 진짜로 그냥 프랩으로 밀려나는 거 아니야?'

처음에는 그저 수 셰프인 스테판이 자신을 괘씸하게 여겨 벌을 주기 위해 쇼를 하는 것이라고 생각했다.

그러나 지금 자신의 눈앞에 펼쳐진 상황은 스테판이 자신을 그렇게 강등시켜 버릴 리 없다고 굳게 믿었던 생각이 흔들릴 수밖에 없는 상황이었다.

자신이 없이도 너무 잘 돌아가고 있는 주방.

그리고 그게 마치 당연하다는 듯 여기는 동료들과 수 셰프
인 스테판, 그리고 셰프까지.

'이래서야⋯⋯.'

바쁜 주방 안에 홀로 선 개비는 자신이 투명 인간이 된 기
분에 휩싸였다.

사실 이 모든 것은 스테판이 미리 다른 이들에게 언질을
해 두었기 때문이다.

언제나 늦장을 부리며 출근 시간에 딱 맞춰 오곤 하던 개
비의 습관을 알고 있었던 스테판은 이미 출근해 있는 다른
셰프들을 불러 모았다.

그러고는 통보했다.

"도진이 생선을 맡을 거야. 그러니까 다들 알아서 눈치껏
아무렇지 않은 척 좀 해 줘, 이게 당연하다는 것처럼."

"네? 갑자기요?"

"그건 원래 개비의 자리 아니었나요? 설령 개비가 아니더
라도, 루카스나 다른 사람들이 있는데 왜 이제 막 들어온 도
진이 그 자리에 서요?"

당연하게도 스테판의 말에 의문을 가지는 이들은 있었다.

그들의 물음에 스테판은 한숨을 푹 내쉬며 말했다.

"개비 그 녀석 어제도 갑자기 연차였잖아. 혼 좀 나 봐야 정신을 차리지."

"그럼, 이거 다 쇼예요?"

"아무리 그래도 꼬미를 파트장 자리에 올리는 건 좀……."

"차라리 루카스를 그 자리에 올리는 건 어때요?"

이미 '르 베르나르댕'에서 오랜 시간 일하고 있었던 요리사들은 묘하게 언짢은 기색을 내비치며 스테판의 말에 조심스럽게 반발했다.

하지만 스테판의 입장은 확고했다.

"다들 걱정하지 마. 도진이 오래 머물지 않을 예정이라 꼬미로 들어온 거였지, 내가 봤을 때 그의 실력은 개비보다 한 수 위야."

"에이, 설마요."

"그러니까요. 아무리 그래도 그건 아니죠."

코웃음을 치는 요리사들의 모습에 스테판은 '이따 서비스 시작하면 한번 확인해 보든가.'라며 자신의 말에 상당한 자신감을 내비쳤고, 그 모습에 요리사들은 반신반의할 수밖에 없었다.

그리고 이내 머지않아 서비스가 시작된 순간.

다른 요리사들은 수 셰프인 스테판이 꼬미였던 도진에게 생선을 맡겨 놓고도 그렇게 당당할 수 있었던 이유를 할 수 있었다.

도진은 이미 몇 년이고 그 자리에서 요리를 한 사람 같았다.

스테판은 그런 도진의 모습을 이미 예상했다는 듯 입가에 미소를 한껏 머금고 있었다.

점심의 서비스가 폭풍처럼 지나간 뒤.

잠깐의 달디단 휴식을 지나 몰아치는 저녁 서비스까지 끝난 뒤.

저녁에는 프랩 구역에서 일을 하며, 중간중간 주방이 바쁠 때면 손이 급한 곳에 투입되어 일한 개비는 무엇이 그렇게 마음에 들지 않는지 마감이 끝나자마자 씩씩거리며 옷을 갈아입고는 가게를 벗어났다.

그런 개비의 뒷모습을 지켜 본 스테판은 한숨을 푹 내쉬었다.

'뭔가 깨달은 것 같더니, 저놈의 성질머리는 여전히 그대로군.'

쉽게 바뀌지 않을 것이라는 건 알고 있었지만, 잠깐이나마 도진이 주문을 쳐 내는 모습을 보며 황당해하고 있던 개비의 모습에 희망을 품었던 스테판이었다.

'역시 이런 방법은 아닌가?'

개비의 태도에 고민하기도 잠시.

스테판은 수 셰프로서 도진에게 감사의 인사를 해야만 했다.

옷을 갈아입기 위해 로커 룸으로 향한 도진을 뒤따라간 스테판은 나직하게 그를 불렀다.

"도진."

"네? 수 셰프님, 무슨 할 말이라도 있으신가요?"

"이제 퇴근인데 편하게 해요, 도진."

도진은 스테판의 말에 잠시 머뭇거리다 이내 대답했다.

"네, 스테판. 무슨 일인가요?"

그 모습에 스테판이 나직하게 웃으며 말했다.

"고맙다는 인사를 하고 싶어서요."

진심이었다.

너무나 갑작스러운 제안, 아니 부탁이었을 텐데 도진은 기꺼이 자신의 부탁을 받아들여 주었다.

스테판은 그에 충분한 감사를 전하고 싶었다.

"제 부탁이 어쩌면 무리한 것일 수도 있었는데, 이렇게 받아들여 줘서 얼마나 고마운지 몰라요."

언젠가 선웅에게 들었던 그들의 인사를 떠올린 스테판은 허리를 숙여 가며 도진에게 인사를 했다.

그 모습에 되레 당황한 건 도진이었다.

"스테판, 그런 건 어디서 배운 건가요? 아니 그보다 그렇게까지 할 필요 없어요. 제가 뭐 그리 대단한 걸 한 것도 아니고…….”

도진은 손사래를 치며 스테판의 허리를 똑바로 펴 주며 말을 덧붙였다.

“오히려 이렇게 일할 수 있는 기회를 주신 게 감사하죠.”

“모두 도진이 그 정도의 실력이 되니까 제가 부탁할 수 있었던 거예요. 그러니 저한테는 고마워할 필요가 없죠.”

스테판은 겸손하게 말하는 도진의 모습에 오히려 탄식하며 개비를 떠올렸다.

“개비도 도진의 반만 닮았으면 좋겠네요. 매번 그렇게 사고를 치니…….”

침음을 흘리는 스테판의 모습에 도진이 의아하다는 듯한 표정으로 물었다.

“조금 매정한 말일 수도 있지만, 그렇게나 고민거리라면 그냥 자르는 게 낫지 않나요? 이렇게까지 할 필요가 있어요?”

도진의 입장에서 보기엔 스테판이 개비에게 너무 유한 태도를 유지하고 있었다.

개비의 자유분방한 태도에 몇 번이고 골머리를 썩는 것은 스테판이었다.

그에게는 충분히 개비의 처분에 대한 결정권이 있었을 것이다.

그렇지만 그는 개비를 자르지 않았고, 오히려 그가 정신을 차리고 자신의 직업에 대해 집중할 수 있는 기회를 주려 하고 있었다.

도진은 그런 스테판의 모습이 이해되지 않는 듯했다.

스테판도 도진의 말에 담긴 속뜻을 이해했다는 듯 고개를 끄덕이며 대답했다.

"그렇죠. 정말, 개비가 도진의 반만이라도 닮았으면 좋겠어요. 그 녀석은 왜 그렇게 철이 안 드는지."

"저는 사실 잘 모르겠어요. 스테판이 왜 이렇게까지 개비를 신경 써 주는 건지……."

도진의 말에 스테판은 잠시 생각에 잠긴 듯한 표정을 짓더니, 이내 도진에게 물었다.

"혹시 퇴근하고 시간 괜찮아요?"

스테판은 할 말이 많은 눈을 하고 있었다.

스테판의 갑작스러운 물음에 당황하기도 잠시, 진지한 그의 표정에 고개를 끄덕이며 대답했다.

"네. 밖에서 기다릴게요."

그러고는 밖으로 나온 도진은 함께 퇴근하기 위해 자신을 기다리고 있던 루카스에게 말했다.

"루카스, 저 오늘은 늦게 들어갈 것 같으니까 먼저 들어가요."

"응? 무슨 일이야? 약속이라도 있어?"

"일단은요."

아리송하게 대답하는 도진의 모습에 루카스가 궁금한 듯 바라보았다.

하지만 전혀 대답해 줄 생각이 없었던 도진은 '얼른 들어가세요.'라며 그의 귀가를 재촉했다.

자신에게 등이 떠밀려 집으로 향하면서도 아쉬운 듯 고개를 자꾸 돌리는 루카스의 모습을 바라보며 스테판을 기다리기를 한참.

퇴근하던 직원들은 하역장 쪽 출입구에 가만히 서 있는 도진을 바라보며 저마다 한마디씩 보탰다.

"도진, 여기서 뭐 해요?"

"집에 안 가?"

도진은 웃으며 대답을 얼버무리고는 인사했다.

"그냥 잠깐, 하하. 피곤하실 텐데 얼른 가세요."

마땅히 어떻게 대답해야 할지 알 수 없었기 때문이다.

'스테판이랑 퇴근하고 약속이 있다고 하면 되겠지만, 그러면 아무래도 일행이 늘어날지도 몰라. 그러면 그가 하려는 말을 제대로 못 할 것 같으니……'

그냥 제대로 대답하지 않기로 한 도진이었다.

도진은 과연 그가 시간이 있냐며 물으면서까지 하고자 하는 말이 무엇인지 궁금했다.

도진이 밖에서 스테판을 기다리기를 15분 정도 지났을 무렵.

그는 허겁지겁 나와 도진에게 '너무 기다리게 했네요. 미안합니다.'라며 먼저 사과했다.

도진은 그런 스테판의 말에 고개를 저었다.

"괜찮습니다. 그럼, 어디로 갈까요?"

"원래 같았으면 가볍게 맥주나 한잔하면서 얘기했겠지만, 도진은 아직 술을 마실 나이가 아니니……."

잠시 고민하던 스테판이 이내 도진에게 물었다.

"괜찮으면 우리 집에 가시겠어요? 배고플 테니, 제가 한 끼 대접하죠."

도진은 스테판의 제안에 놀랐지만, 흔쾌히 고개를 끄덕였다.

"저야말로 초대해 주시면 감사하죠."

그렇게 의견이 맞은 두 사람은 빠르게 발길을 옮겼고, 이내 스테판의 집에 도착할 수 있었다.

그의 집은 '르 베르나르댕'에서 멀지 않았다.

루카스의 집과도 가까운 듯했다.

"이 정도 거리면, 루카스가 동네 주민이겠는데요?"

"맞아요. 종종 마주치곤 하죠."

엘리베이터를 타고 올라가며 잡다한 얘기를 나누던 두 사람은 이내 맑은소리로 울리며 열리는 문에 발을 옮겼다.

스테판은 복도 오른쪽 제일 끝 집으로 발을 옮겼고, 몇 번의 '삐삐' 소리와 함께 문을 열고는 그 안으로 도진을 안내했다.

"이렇게 우리 집에 손님이 온 건 오랜만이네요. 부디, 저기 소파에 편하게 앉아요."

도진은 조심스럽게 스테판의 집을 둘러보았다.

문을 열고 들어서자 보이는 복도를 따라 쭉 걸어가면 나오는 거실은 크고 넓은 창이 자리 잡고 있었고.

거실 한쪽 벽면에는 빼곡한 책장과 함께 여러 종류의 책과 요리 서적이 자리 잡고 있었다.

한눈에 봐도 스테판이 얼마나 공부를 많이 했는지 알 수 있는 책장이었다.

그리고 창 쪽으로 배치된 기다란 가죽 소파 뒤로 큼직한 테이블이 놓여 있었다.

도진은 흔치 않은 배치에 궁금하다는 듯 스테판에게 물었다.

"왜 이렇게 배치한 거예요?"

"아, 여기 야경이 괜찮아요. 창밖이 예쁘거든요. 가끔 아무 생각 없이 소파에 앉아 있는 게 제 힐링입니다."

스테판은 슬며시 웃으면서 앞치마를 메고 있었다.

'르 베르나르댕'에서의 부드럽지만 단호한 수 셰프 스테판과는 조금 다른 모습이었다.

주방은 아일랜드형으로 되어 있어, 소파가 아닌 테이블에 앉으면 그가 요리하면서도 손님들과 대화를 나눌 수 있는 구조였다.

도진은 그가 요리하는 모습을 보기 위해 일부러 테이블에 앉았다.

그러자 스테판이 물었다.

"소파에 앉는 게 더 편하지 않겠어요?"

"이럴 때 아니면 언제 '르 베르나르댕'의 수 셰프님이 요리하는 걸 직접 볼 수 있겠어요. 잘 봐 둬야죠."

도진의 말에 스테판은 웃음을 터트리며 말했다.

"이것 참. 오늘은 그냥 가벼운 야식을 만들 생각이었는데, 그렇게 말하니 힘을 좀 줘야겠다는 생각이 드는걸요."

미국에 와서 두 번째로 보게 된 다른 이의 집이었다.

루카스의 집은 아늑한 느낌이 컸지만, 스테판의 집은 혼자 사는 남자 특유의 좀 더 거친 느낌이 있었다.

그러나 두 사람의 집에는 공통점이 있었다.

바로 주방이었다.

스테판의 주방에는 다양한 조미료들이 나와 있었다.

누가 보아도 요리에 관심이 많은 사람, 또는 요리사가 아닌지 추측할 수 있을 것만 같았다.

스윽- 스윽.

칼을 갈고 도마를 세팅한 스테판은 이윽고 냉장고에서 주섬주섬 재료를 꺼내며 도진에게 물었다.

"혹시 못 먹는 거나, 싫어하는 거 있어요?"

"아뇨. 없습니다."

"알겠어요. 혹시 먹고 싶은 메뉴는요?"

"스테판 마음대로 만들어 주세요."

"사실 제가 원하던 대답이었어요."

도진의 말에 스테판이 웃으며 재료를 꺼내더니 냉장고를 닫으며 말했다.

"자, 그러면 뭐부터 얘기하는 게 좋을까요. 개비랑 처음 알게 된 순간부터 한번 말해 볼까요?"

그는 꺼낸 재료들을 물에 씻으며 입을 열었다.

"제가 처음 개비를 알게 된 건 그 녀석이 열일곱 살 때였던 것 같아요. 그러니까 저는 그때 스물네 살 때쯤이었겠군요."

도진은 요리를 시작하며 천천히 입을 여는 스테판의 말에 귀를 기울이기 시작했다.

도진이 개비의 자리를 맡게 된 이후 시간은 빠르게 흘러 벌써 6일이 지났다.

고작 6일이었지만, 도진은 이미 '르 베르나르댕'의 주방에,

그리고 원래 개비의 직급이었던 *푸아송니에(*Poissonier:생선과 해산물을 담당하는 요리사) 자리마저 익숙해진 채였다.

그것은 다른 이들도 마찬가지였다.

"도진, 명찰이 아주 잘 어울리는걸."

"별말씀을요."

루카스가 도진의 가슴팍에 달린 명찰을 콕 찍어 말하자 도진이 웃으면서 대답했다.

그들의 옆을 지나던 개비는 두 사람의 대화를 듣고는 속으로 코웃음을 쳤다.

'퍽이나. 루카스는 왜 저렇게 저 녀석 옆에서 꼬리를 살랑살랑 흔드는 거야?'

도진이 개비의 자리에서 일한 지 사흘.

그것은 곧 개비가 프랩 구역으로 쫓겨난 지 사흘째라는 말이었다.

개비는 너무나도 자연스럽게 흘러가는 이 상황이 못마땅했다.

'이게 맞아? 갑자기 이런 식으로 내 자리를 뺏겨 버린다고?'

처음 도진에게 자리를 넘기라고 말한 이후 여전히 별다른 언질조차 없는 스테판의 모습에 개비는 억울함을 느꼈다.

그리고 그 오갈 곳 없는 분노는 이내 도진을 향했다.

하지만 그것을 쉬이 표출할 수는 없었다.

자신이 보기에도 도진의 실력은 흠잡을 곳이 없었으며, 본

인보다 훨씬 성실했고 일을 잘했다.

마치 원래부터 자신의 자리였던 것처럼 말이다.

개비는 이 상황을 어떻게 받아들여야 할지 고민에 빠졌다.

그리고 도진은 그런 개비를 지켜보고 있었다.

그 끈질긴 시선은 스테판의 집에서 개비에 관한 이야기를 듣고 난 이후부터 시작되었다.

도진은 어김없이 오늘도 프랩 구역에서 일한 뒤, 반쯤 죽상이 된 얼굴로 마감을 하고 퇴근하기 위해 옷을 갈아입고 퇴근하려는 그에게 다가갔다.

"개비, 혹시 오늘 시간 돼요?"

"뭐? 내 시간을 네가 알아서 뭐 하게?"

도진은 매몰찬 개비의 말에도 꿋꿋하게 그에게 물었다.

"잠깐 얘기나 하자는 거죠."

"싫은데."

개비는 도진의 물음에 세차게 고개를 돌리며 그를 무시하려고 했다.

'저 녀석이 뭐가 예쁘다고.'

자신보다 한참 어려 보이는 애 앞에서 대답 하나 곱게 하지 못하는 자신이 조금 부끄럽기도 했지만, 그보다 앞선 감정은 '억울함'이었다.

억울했다.

자신의 자리를 이렇게 쉽게 빼앗겼다는 것도, 모두가 그

것에 대해 아무 말도 하지 않고 자연스럽게 어우러지고 있다는 것도.

물론 자신이 근래에 들어 술에 빠져 스테판의 심기를 거스른 것은 알고 있었다.

'하지만 언질이라도 해 줄 수 있었잖아.'

아니, 굳이 언질까지도 필요 없었다.

생선이라면 뭐든지 잘 다룰 수 있다고 자신할 정도로 실력 있는 푸아송니에라는 것에 자부심을 가지고 있던 그가 프랩으로 쫓겨난 게 모두 자신의 탓이라는 것도 이해했다.

하지만 그 자리를 저 어린 동양인 꼬마가 차지했다는 것이 너무 억울했다.

'내 6년이 들어온 지 이제 고작 이틀 된 꼬미한테 빼앗기다니.'

차라리 오래 함께 일했던 루카스나 다른 이들이 자신의 자리에 앉았다면 그래도 그러려니 했을 텐데.

'분명 셰프든 수 셰프든 대단한 인맥이 있는 게 분명해.'

믿고 있었던 이들에게 버려진 기분이었다.

개비는 인상을 팍 구겼다.

내일은 그토록 기다리던 휴무 날이었지만, 기분이 좋지 않았다.

벌써 휴무 날이 돌아왔다는 것은 그가 이번 주 내내 일하는 동안 프랩 구역에 처박혀 있었다는 것을 깨닫게 해 주는 것만 같았다.

개비는 들고 왔던 크로스백에 셰프복을 구겨 넣고 가방을 멨다.

묵직한 무게감이 느껴졌다.

여전히 도진은 자신의 옆에 서서 무언가 말하려는 듯했지만, 개비는 그의 시선을 애써 무시한 채 로커의 문을 쾅 하고 닫았다.

"너랑 할 말 없으니까 꺼져."

빠르게 발걸음을 옮겼다.

일요일 밤 퇴근하고 난 이후의 시간이야말로 개비가 가장 바쁜 시간이었기 때문이다.

하지만, 그의 발길은 누구보다 쉽게 잡힐 수밖에 없었다.

다름 아닌 도진의 한마디 때문이었다.

"천사의 쉼터에 가는 거죠?"

개비는 로커 룸을 나가려던 발걸음을 멈춰서고 뒤를 돌아 도진을 바라보았다.

개비는 도진의 말에 깜짝 놀랄 수밖에 없었다.

이곳에서 함께 일하는 사람들 중 자신이 '천사의 쉼터'를 꾸준히 다니고 있다는 것을 아는 이들은 분명 없을 터였다.

"네가 거길 어떻게 알아?"

그렇게 묻는 개비의 얼굴에는 경악이 담겨 있었다.

도진이 '천사의 쉼터'에 대해 아는 이유는 간단했다.

개비가 그곳에 꾸준히 다니고 있다는 것을 스테판이 알고 있었기 때문이다.

스테판은 가벼운 야식으로 샌드위치를 만들어 도진에게 대접했다.

예쁘게 반으로 자른 샌드위치가 담긴 접시와 오렌지주스를 도진의 앞에 놓아준 스테판은 천천히 이야기를 시작했다.

스테판이 개비를 처음 만난 것은 개비가 열일곱 살, 스테판이 스물네 살이었을 때였다.

두 사람 다 젊고 어린 나이였다.

당시 스테판은 막 '르 베르나르댕'에서 일하기 시작한 때였다.

스테판은 당시를 회상하며 도진에게 설명했다.

"그 당시 제 여자 친구는 사회복지사였어요."

그녀는 때때로 한탄할 때도 있었지만, 그 누구보다 자신의 일을 사랑하고 열심히 하는 사람이었다고 말하며, 잠시 추억에 잠긴 듯한 얼굴이 되었던 그는 다시금 말을 이었다.

그런 그녀가 한 날 갑자기 진지한 얼굴로 스테판에게 물었다고 한다.

"스테판, 요리사가 되려면 어떻게 해야 해?"

갑작스러운 여자 친구의 질문에 스테판은 잠시 놀랐다가, 이내 실없는 농담을 던졌다.

"갑자기 요리사? 그건 왜? 사회복지사는 관두고 나랑 같은 길을 걷기로 마음먹은 거야?"

하지만 그녀는 진지하게 다시금 물었다.

"농담하지 말고. 그래서 요리사가 되려면 어떻게 해야 하는 건데?"

스테판은 그제야 그녀의 질문이 진지하다는 것을 깨달았고, 자신도 진지하게 대답해 주며 물었다.

"그런데 정말 갑자기 요리사가 되는 법은 왜 묻는 거야? 정말 직업을 바꾸기라도 할 셈이야?"

그녀는 스테판의 말에 웃음을 터트리며 대답했다.

"말이 되는 소리야. 내가 어떻게 셰프가 되겠어. 네가 옆에서 이렇게 고생하는 걸 다 지켜봤는데. 나는 그것보다 내 일을 사랑해."

"그러면 요리사가 되는 방법 같은 건 도대체 왜 물어본 거야?"

스테판의 말에 여자 친구는 잠시 머뭇거리다가 천천히 말을 하기 시작했다.

그게 개비를 알게 된 처음이었다고 말한 스테판은 문득 떠오른 사실이 놀라운 듯 말했다.

"그때로부터 벌써 몇 년이 지난 건지. 시간이 정말 빠르네요."

개비는 여자 친구가 담당하고 있는 고아 중 한 명이었다고
한다.

그의 여자 친구는 당시 요즘 가장 큰 고민이라며 개비에
대해 말해 주었다고 했다.

"내가 맡고 있는 아이가 벌써 네 번째 위탁가정에서 쫓겨
났어."

그녀는 개비의 어린 시절에 대해 줄줄 꾀고 있었다.

스테판은 그런 그녀의 모습을 '도대체 왜 그렇게 위탁가정
에 적응하지 못하고 자꾸만 쫓겨나게 되는지'에 대해 분석하
기 위해서 그랬던 것 같다고 회상했다.

"어린 시절에는 다른 이들과 마찬가지로 평범한 가정의 아
이였던 개비가 보육시설과 위탁가정을 전전하게 된 것은 여
덟 살 무렵의 일이라고 하더군요."

아버지의 사업이 망하자 평소 사이가 별로 좋지 않았던 어
머니는 마치 지금이 기회인 것처럼 집을 나갔고, 아버지는
가지고 있던 모든 것을 팔아 겨우 빚을 갚은 뒤 길거리에 나
앉게 되었고…….

개비의 아버지는 자신의 아들을 차마 길거리에서 키울 수
없었던 나머지 그를 위탁가정에 보내는 선택을 하게 된 것
이다.

처음 위탁가정에 맡겨진 개비는 조용하고, 별나지만 착한

아이였다고 한다.

낯선 환경에 조금 주눅이 들어 있었지만, 표현이 솔직하고 감사하다는 말을 아주 잘하는.

조금 까다로운 점이 있다면 간이 매우 까다로워 조금이라도 짜거나 싱거우면 음식을 먹지 않는다는 것이 문제라면 문제라며 기록이 남아 있던 첫 위탁가정의 부모에게서는 개비에 대한 진심이 느껴졌었다.

그렇게 불안했던 개비의 생활에 다시금 평화가 찾아오는 듯했지만, 그것은 그리 오래 가지 않았고 한다.

몇 달이 지나지 않아 개비가 그들에게 마음의 문을 열 때쯤.

교통사고로 인해 크게 다치게 된 그들이 더 이상 개비를 정상적으로 양육하기는 힘들다는 뜻을 내비쳤기 때문이었다.

결국 그는 다시금 새로운 위탁가정을 찾아야 했다.

보육 시설로 되돌아온 개비는 이제야 조금씩 마음을 열기 시작했는데 다시금 버려졌다는 사실이 큰 충격으로 다가왔는지 몇 날 며칠을 울며 '아버지에게 돌아가게 해 주세요.'라며 애타게 울어 댔지만.

그의 요청은 쉽게 받아들여지지 않았다.

그도 그럴 것이.

다시 아버지를 찾기에는 많은 시간이 흘렀고, 길거리에서 생활하는 그의 흔적을 추적하는 것은 쉽지 않은 문제였다.

게다가 찾게 되더라도 만약 그가 여전히 노숙 생활을 하고 있다면, 더욱더 문제였다.

당시 그를 담당하던 사회복지사는 개비를 길거리에 내보낼 수는 없다며 단호하게 다른 위탁가정을 구했다.

하지만 이미 되돌아오게 된 그는 어머니에게 한 번, 위탁가정에서 또 한 번 버려졌다는 생각에 쉬이 마음을 열지 못했고.

그렇게 입을 꾹 다물고 반항적인 태도로 일관한 덕분에, 이후에 맡겨졌던 위탁가정에서도 쫓겨나게 되었다고 말했다.

"그런데 그 녀석이, 그냥 혼자 독립하고 싶다고 말했다더라고요."

하지만 독립하기 위해서는 돈을 벌 수 있는 직업이 필요했고, 그래서 무슨 일을 하면서 먹고살 거냐고 물어봤더니.

"한참 고민하다가 요리사가 되고 싶다고 말했대요. 그래서 셰프에게 말해서 르 베르나르댕의 스타쥬로 데려왔죠."

스테판의 말에 도진은 의문을 느꼈다.

"스타쥬라면, 무급이나 마찬가지 아닌가요? 그러면 독립을 할 수 없었을 텐데……"

"맞아요. 그래서 한동안 저랑 같이 살았었어요. 한 3년 정도?"

도진은 그의 말에 놀라며 그가 그렇게까지 개비를 챙기게 된 이유가 궁금했다.

"어떻게 그렇게까지 할 수 있었던 거죠?"

"그거야 당연히 사랑이죠. 여자 친구를 사랑하는 마음으로 그녀의 골칫거리를 해결해 준…… 농담이에요."

자신의 대답에 질색하는 도진의 모습에 스테판이 웃음을 터트리며 말했다.

"그때는 정말 진심이었다고요. 물론 그것 때문만은 아니었지만."

"그럼요?"

"요리사가 되고 싶다고 말한 이유가, 인상 깊었거든요."

도진은 그 말에 궁금하다는 듯 스테판에게 물었다.

"왜 요리사가 되고 싶다고 했는지, 알고 계신가요?"

"알죠. 알다마다요."

스테판은 슬며시 미소를 지으며 말했다.

"갓 만든 따뜻한 밥을 먹고 싶다고 했어요."

그러고는 감정이 북받쳐 오르는지 잠시 숨을 고르고는, 말을 이었다.

"그리고 그렇게 따뜻한 밥을 지어 놓고, 아버지가 돌아올 수 있는 곳을 만들어 두고 싶어요."

네 번의 위탁가정을 거치는 동안에도 여전히 외롭고 쓸쓸할 수밖에 없었던 열일곱 살의 개비가 스테판에게 한 말이었다.

"그 어린 녀석이 그렇게 말하는데 제가 어떻게 그냥 놔두

겠어요. 개비만 한 나이의 남동생이 있어서 더 신경이 쓰였
나 봐요. 언제 이렇게 커서 요즘은 반항기인지 말도 잘 안 듣
고 사고만 치지만, 재능도 있고 착한 녀석이에요."

스테판의 말에 도진은 감탄할 수밖에 없었다.

피 한 방울 섞이지 않은 남이었을 텐데도 스테판은 개비를
순수한 마음으로 도왔다.

도진은 울컥한 그를 바라보며 말했다.

"대단하시네요."

"대단한 건 제가 아니라 그 녀석이죠."

경외가 섞인 도진의 말에 스테판이 고개를 저으며 말했다.

"결국 그 녀석은 악착같이 일해서 예전에 자기가 살았던
집을 다시 사고, 여전히 거리를 방황하고 있을지 모르는 아
버지가 혹시라도 굶고 있지는 않을지, 노숙자들의 밥을 챙겨
주는 봉사활동을 다니는 것 같더라고요."

"그렇군요."

스테판의 얘기를 모두 들은 도진은 이제야 그가 이렇게 개
비를 신경 쓰는 이유를 이해할 수 있었다.

자초지종을 알게 된 개비는 표정을 구기며 한숨을 쉬었지
만, 아무 말도 할 수 없었다.

스테판에게 감사한 마음과 부채 의식이 있었기 때문이다.

그는 멋모르고 방황하던 시절 자신을 가장 많이 도와준 사람 중 하나였다.

'스테판이 아니었다면……'

자신은 위탁가정을 전전하다가 결국 성인이 되고 난 이후 제대로 된 일자리 하나 구하지 못한 채 사회 부적응자로 겉돌고 있을 게 뻔했다.

하지만 그렇다고 그게 자신이 도진과 대화를 나눠야 할 이유는 아니었다.

개비는 도진을 바라보며 말했다.

"아무튼 나는 너랑 할 말 없어."

분명 그렇게 말하고 뒤돌아섰다.

하지만 도진은 전혀 개의치 않는다는 듯 퇴근하는 그의 발걸음 뒤에 따라붙으며 말했다.

"지금 '천사의 쉼터'로 가는 거죠? 같이 가도 될까요?"

개비는 그런 도진의 말에 전혀 대답하지 않았다.

'르 베르나르댕'에서 개비의 목적지인 '천사의 쉼터'까지 걸어서 40분.

그동안 개비는 얌전히 자신을 따라오는 도진을 더 이상 막지도 않았다.

아무리 말해도 듣지 않았기 때문이다.

결국 '천사의 쉼터'라고 불리는 봉사활동 단체의 건물의 문

앞에 선 개비는 뒤를 돌아 묵묵하게 자신의 뒤를 따라온 도진을 바라보았다.

'도대체 왜 이렇게까지 나랑 얘기를 하고 싶어 하는 거지?'

개비의 입장에서 도진은 눈엣가시였다.

자신의 자리를 꿰찬 것은 물론이고, 순식간에 다른 이들의 환심까지 사더니 이내 개비의 자리였던 것을 자신의 자리로 만들어 버렸다.

그러니 개비의 입장에서는 도진을 곱게 볼 수만은 없었다.

그것은 도진도 마찬가지일 것이라고 생각했다.

'이곳에서 오래 일하기 위해서는 지금 자기가 맡은 자리를 차지하는 게 중요할 테지.'

자신이 도진을 못마땅해하는 것처럼, 도진도 자신에게 적대적이리라고 생각했다.

하지만 자신의 자리에서 일하는 도진의 모습은 상상했던 것과는 달랐다.

개비는 분명 도진이 그 자리를 자신의 자리로 만들기 위해 열성적으로, 그리고 필사적으로 일할 것이라고 생각했다.

그렇게 되면 언젠가 도진이 분명 실수하는 날이 있으리라고 생각했다.

사람들은 마음이 너무 앞서게 되었을 때, 쉽게 실수했기 때문이다.

개비는 도진이 실수하기만을 기다렸다.

천재셰프
회귀하다

하지만 그는 지난 며칠간, 자신의 자리에서 그 누구보다 여유롭고, 또 정확하게 해야 할 일을 처리했다.

심지어는 다른 이들의 파트까지 도와주는 모습을 보였다.

개비는 프랩 구역에서 일을 하다 종종 바쁜 타임에는 주방을 도우며 그런 도진의 모습을 바라보았다.

애써 그런 그의 모습을 보지 않으려 눈길을 돌려도 자꾸만 눈이 갔다.

인정하기 싫었지만, 요리에 집중한 도진의 모습은 눈부실 정도로 멋있었다.

개비가 보기에 도진은 이미 자신이 서 있던 자리에 녹아들어 '르 베르나르댕'의 푸아숑니에가 되어 있었다.

그리고 그런 도진의 모습을 보면 볼수록 같잖게 질투하게 되는 자신이 초라해져만 가는 것 같았다.

하지만 인제 와서 할 말은 없었다.

모두 자신이 스테판의 믿음을 잃어버렸기 때문에 일어난 일이었다.

지난 며칠간, 긴 생각 끝에 개비는 이미 결론을 내린 상태였다.

'내가 자초한 일이니, 어쩔 수 없어.'

개비는 '르 베르나르댕'을 관둘 생각을 하고 있었다.

그런 상황에서 자꾸만 자신에게 대화를 하자고 하는 도진의 모습에 개비는 의문을 가질 수밖에 없었다.

'도대체 왜 이렇게 나랑 얘기하고 싶어 안달이 난 사람처럼 굴지?'

자꾸만 자신을 따라오는 도진을 떨쳐 내고 싶었다.

그와 대화를 하면 자신이 정말 못난 사람이라는 것을 인정하게 될 것만 같았다.

아침에 출근해 밤늦게까지 일하고 열두 시 언저리가 되어 겨우 퇴근한 개비에게 40분의 거리는 너무 멀게만 느껴졌지만, 그것은 도진에게도 마찬가지일 터였다.

그래서 평소였으면 택시나 버스를 탔을 거리였지만 개비는 굳이 이곳까지 걸어왔다.

오랜 시간 서 있던 다리를 40분씩이나 걷게 만드는 것은 몸을 혹사하는 일이었다.

그 덕분에 개비는 자신의 다리가 마치 돌덩이처럼 느껴졌다.

'내일은 꼼짝없이 집에서 누워만 있겠군.'

한숨만 앞섰다.

그 와중에도 도진은 여전히 한 뼘 정도 떨어진 거리에서 자신을 바라보고 있었다.

개비는 두 손 두 발을 다 들 수밖에 없었다.

"도대체 하고 싶은 얘기가 뭔데?"

도진은 그 물음에 눈을 빛내며 미소를 지었다.

로커 룸에서 개비에게 무시를 당한 뒤, 도진은 한참이나 그를 따라 걸으며 많은 생각을 했다.

스테판에게 들은 개비의 어린 시절부터 그가 요리를 시작한 이후의 생활, 그리고 지금 그가 어떤 생각을 하고 있을지까지.

'솔직히 의외였지.'

도진은 개비가 부모님에게 사랑받으며 자란 외동아들일 것이라도 생각했다.

무엇이든 자기가 원하는 대로, 바라는 대로 하고 자라 왔을 것이라고.

도진이 그렇게 생각하게 된 데에는 개비가 도진에게 보여준 태도 때문이었다.

자신을 깔보는 듯한 개비의 눈동자와 '네까짓 게?'라고 말하는 듯한 비뚜름한 입매.

그리고 자신의 실력을 자랑하기 좋아하는 성격은 물론이고, 마치 하늘 아래 자신이 최고라고 말하는 듯한 천상천하 유아독존과도 같은 태도.

그 모습에 도진은 개비의 부모님이 지금껏 그가 하고 싶다는 일은 모두 다 이뤄 주며 키웠고, 그렇기에 그의 성격이 저렇게 형성된 것이라고 생각했다.

하지만 스테판의 얘기는 조금 놀라웠다.

불우한 어린 시절의 기억과 작은 꿈으로 지금까지 이어진 뜻밖의 인연.

그 이야기를 듣고 나자, 도진은 지금껏 자신이 편견에 사로잡혀 있었다는 것을 깨달았다.

그가 자신을 겉으로만 보고 판단하는 것처럼, 자신도 그저 그의 보이는 모습만을 보고 판단했던 것이었다.

그래서 도진은 스테판의 얘기를 들으면서 솔직히 터놓고 개비와 대화를 나눠 보고 싶었다.

인수인계로 인해 개비와 대화를 나눴던 그날.

도진이 봤던 개비는 다른 건 몰라도 요리에 관해서만큼은 진심이었다.

그렇기에 궁금한 게 많았다.

어쩌다 요리사를 꿈꾸게 되었는지, 아직도 그 마음은 여전한지, 언제부터 봉사활동을 다닌 건지, 왜 그렇게 술을 마시는지.

그리고 여전히 아버지를 기다리고 있는지.

"하고 싶은 말이 있으면 빨리하고 꺼져."

개비는 여전히 날이 선 말투로 도진에게 말했지만, 도진은 오히려 웃으며 대답했다.

"하고 싶은 얘기가 많은데 일단 들어갈까요? 저도 도울게요, 봉사활동."

"필요 없다니까……."

개비는 질린 듯 도진을 바라보더니, 이내 문을 열고 건물 내로 들어갔다.

그리 크지도, 그렇다고 너무 작지도 않은 건물 내부에 들어서자 보이는 것은 단상과 넓게 깔려 있는 의자들이었다.

도진은 어쩐지 교회를 연상시키는 듯한 내부의 모습에 개비에게 물었다.

"혹시 여기 교회에서 운영하는 건가요?"

너무 조용한 나머지 목소리가 울려 도진의 목소리가 건물 내부에서 웅웅댔다.

개비는 '아니.'라고 짧게 대답하고는 성큼성큼 걸어갔다.

더 이상 대답할 생각이 없는 듯한 모습이었다.

그렇게 도진의 궁금증은 해결되지 않는 듯했으나, 도진의 뒤에서 낮은 목소리가 들려왔다.

"그게……."

도진은 갑작스럽게 들리는 낯선 목소리에 황급히 뒤를 돌아보았고.

어슴푸레한 조명이 비치는 곳에 조금 나이가 있어 보이는 여성이 서 있었다.

그녀는 도진을 향해 걸어오며 그가 물었던 것에 대답해 주었다.

"교회에서 운영하는 건 아니고, 여기가 예전에 교회 건물이었어요."

그렇게 말한 여성은 이윽고 개비를 꾸짖었다.

"개비, 너는 네가 데려온 손님이 뭘 물어보면 제대로 대답해 줘야지!"

여성의 말에 도진의 앞에서 걸어가던 개비는 자리에 멈춰서 뒤를 돌아보며 말했다.

"내 손님 아니야! 그냥 제멋대로 따라온 거라고!"

그리고 다시 가던 길을 가려다 뒤를 돌아 여성을 향해 앙칼지게 소리쳤다.

"그리고, 메이, 당신이 말한 거지? 내가 스테판한테는 비밀로 해 달라고 했잖아!"

개비는 그렇게 말한 뒤, 쿵쿵거리며 발걸음을 옮겼다.

그의 발길이 향한 곳에는 환하게 불빛이 비치고 있었다.

여성은 여전히 도진의 뒤쪽에 서서 개비가 간 곳을 바라보며 한숨을 크게 푹 쉬었다.

그 사이에 서 있던 도진은 도무지 알 수 없는 상황에 양쪽을 번갈아 볼 수밖에 없었다.

여성은 그런 도진에게 다가와 손을 건넸다.

"반가워요. 저는 사회복지사로 일하고 있는 로잘리예요."

"네. 저는 개비와 함께 일하고 있는 도진이라고 합니다."

로잘리의 인사를 듣던 도진은 문득 그녀의 직업을 듣고 머릿속에서 스테판이 스쳐 지나갔다.

'혹시……?'

도진은 잠시 망설이다가 그녀에게 물었다.

"혹시, 스테판의 전 여자 친구인가요?"

그 말에 로잘리는 깜짝 놀란 듯 눈을 크게 뜨며 물었다.

"어머, 어떻게 알았어요?"

"스테판이 개비와의 인연에 대해 말해 줬었어요. 그때 당시 사회복지사였던 여자 친구로 인해서 알게 됐다고."

"아, 그럼 어느 정도 사연은 알고 있겠군요?"

로잘리의 물음에 도진이 고개를 끄덕였다.

"개비가 말이 저렇게 날카로워서 그렇지, 착한 애예요. 못된 마음을 먹었으면 진작 먹었을 텐데, 여전히 아버지를 찾으면서 여기에 봉사를 다니는 거거든요."

로잘리는 그렇게 말하며 개비가 간 곳으로 안내해 주겠다며, 도진에게 따라오라고 손짓했다.

짧은 거리였지만 그녀는 마치 개비의 어머니라도 된 것처럼 도진에게 여러 가지를 물었다.

"개비는 주방에서 좀 어때요? 일을 잘하고 있나요? 혹시 두 사람 많이 친한가요? 개비가 여기 누구를 데리고 온 건 처음이라……."

그 모습은 영락없이 개비를 걱정하는 모습이었다.

'스테판도, 로잘리도 이렇게까지 개비를 신경 쓰는 걸 보면……'

개비가 이렇게 번듯하게 자랄 수 있었던 건 주변에 좋은 어른이 있었기 때문인 것 같았다.

도진은 로잘리의 수다를 들으며 그녀가 이끈 곳으로 향했고.

문을 열고 들어서자 그곳에는 널찍한 주방이 있었다.

벽 곳곳에는 낡은 흔적이 있었지만, 조리대나 냉장고는 반짝거리며 빛나고 있는 게 누가 보아도 열심히 관리를 한 게 느껴졌다.

개비는 구석에 놓인 좁고 긴 라커 앞에 서서 앞치마를 입고 있었다.

문이 열리는 소리에 고개를 든 개비는 도진의 옆에 서 있는 로잘리의 모습에 퉁명스럽게 말했다.

"내일 아침에 일찍 일어나야 하잖아. 지금부터는 내가 준비해 둘 테니까 가서 좀 자."

그 말에 로잘리는 걱정스러운 얼굴로 말했다

"그래도, 오늘 원래 오기로 했던 봉사자들이 못 와서 할 일도 많은데 어떻게 혼자 해. 나도 할게."

로잘리는 머리를 묶으며 말했지만, 개비는 단호하게 고개를 저었다.

"말 좀 들어, 아줌마. 잘 수 있을 때 좀 자라고."

"그래도……."

머뭇거리며 말하는 로잘리의 모습에 개비가 한숨을 내쉬며 말했다.

"혼자 할 거 아니니까 괜찮아."

그 말에 로잘리가 고개를 갸웃하자, 개비는 도진을 턱 끝으로 가리키며 말했다.

"쟤 있잖아."

두 사람 사이에서 멀뚱하게 서 있던 도진은 개비의 말에 깜짝 놀라 자신을 가리키며 되물었다.

"저요?"

개비는 미간을 찌푸리며 대답했다.

"그래, 너. 뭐 해? 도와준다며? 옷이나 갈아입어."

"그러면 저랑 대화해 주는 거예요?"

개비는 그 말에 대답하지 않고 도진을 향해 앞치마를 던졌다.

무언의 긍정이었다.

그리운 사람

도진은 빠르게 받아 든 앞치마를 목에 걸치고는 허리끈을 동여맸다.

혹시라도 개비가 마음이 바뀔까 조급한 마음이었다.

그 모습을 지켜보고 있던 로잘리가 걱정스러운 눈길을 보내며 말했다.

"아무리 그래도 둘이 내일 아침 분량을 준비하려면 너무 힘들 텐데……."

그녀의 말에 개비는 고개를 저으며 대답했다.

"됐으니까 얼른 들어가서 좀 자. 어차피 해 뜰 때쯤이면 다른 사람들도 올 거 아냐."

"그래도, 그 전까지는 둘이 함께 준비해야 하잖아."

그리운 사람 259

도진은 도대체 몇 인분을 만들기에 로잘리가 저렇게까지 걱정하는지 궁금해졌다.

"지금 준비하는 게 내일 아침 분량인가요? 도대체 몇 인분이나 만들어야 하길래 그래요?"

도진의 말에 로잘리는 머쓱한 표정을 지으며 말했다.

"보통 월요일 아침은 사람이 제일 많을 때라, 넉넉하게 650인분 정도 만들고 있어요."

그녀의 말에 도진은 잠깐 멈칫했지만, 이내 침착하게 되물었다.

"메뉴는 다 정해진 거죠?"

"네, 맞아요. 저희는 매주 식단표를 짜서 운영해서 저기 보시면……"

로잘리의 손끝은 주방 입구 쪽에 붙어 있는 큰 칠판을 가리키고 있었다.

도진은 천천히 그것을 읽어 내려갔다.

"생각보다 종류가 되게 많네요?"

"맞아요. 치킨, 피자는 물론이고 기본적인 빵에 감자샐러드, 라자냐, 마카로니에 카레 등 최대한 다양하게 만들려고 노력하고 있어요."

로잘리는 뿌듯하게 말하다 이내 걱정스러운 표정이 되어 말을 덧붙였다.

"그런데, 워낙에 양이 많다 보니 두 사람이 재료를 손질하기에는 조금 힘들 것 같은데…….”

“괜찮아. 저 녀석이 보기에는 저래 보여도, 내 자리까지
뺏어 간 나름 유능한 요리사라고?”

그녀의 걱정스러운 말에 대답한 것은, 다름 아닌 개비였
다.

그는 생감자가 들어 있는 포대를 싱크대에 부으며 말을 이
었다.

“그런 걱정할 시간에 가서 조금이라도 더 눈을 붙이는 게
어때? 그게 도와주는 일이라니까.”

로잘리는 개비의 말에 못마땅한 듯 미간을 찌푸리며 도진
을 바라보았다.

“정말 괜찮겠어요?”

“그럼요. 괜찮고 말고요.”

도진은 로잘리를 문 쪽으로 에스코트했고, 그녀는 아무런
저항할 틈 없이 문밖으로 밀려날 수밖에 없었다.

“그래도…….”

그러고는, 못내 미련이 남은 듯 계속 주방 안쪽을 바라보
는 그녀를 안심시키기 위해 도진은 말을 덧붙였다.

“여기는 저랑 개비가 맡을 테니 얼른 들어가서 눈 좀 붙이
세요.”

말이 끝나자마자 대답을 듣기도 전에 문을 닫아 버린 도진
은 뒤를 돌아 개비에게 다가가 물었다.

"자, 그러면 이제 저는 뭘 할까요?"

태연하게 앞치마를 두르고는 로잘리를 쫓아내는 도진의 모습에 개비는 놀랄 수밖에 없었다.

'이쯤 되면 그냥 갈 거라고 생각했는데.'

개비는 몇 인분을 준비해야 하는지 들은 도진이 질겁을 하며 도망갈 것이라고 생각했다.

내일은 일주일 중 하루뿐인 쉬는 날이었고, 그런 소중한 휴식 시간을 잘 알지도 못하는 자신 때문에 이렇게 남아 있을 리 없다고 생각했다.

'정말 그냥 대화나 하자고 남은 건가?'

개비는 설마 하는 표정으로 도진에게 물었다.

"혹시 정말로 나랑 얘기나 하려고 이걸 돕겠다고 한 거야?"

"네, 맞아요."

도진은 웃는 낯으로 개비의 말에 대답했고, 개비는 황당한 말을 들은 사람처럼 잠시 얼이 빠질 수밖에 없었다.

"도대체 왜 그렇게까지 하는 거야?"

"뭐가요?"

"왜 그렇게까지 나랑 대화하고 싶어 하는 거냐고."

개비의 말에 도진이 잠시 생각하더니, 이내 가벼운 말투로 대답했다.

"그냥요."

그 말에 개비는 당황할 수밖에 없었다.

가게에서부터 여기까지 그렇게 졸졸 따라오면서 얘기 좀 하자고 그러기에 도대체 무슨 중요한 얘기를 하려고 하나 했더니, 되돌아오는 대답이 '그냥'이라니.

그야말로 힘이 쭉 빠질 수밖에 없는 대답이었다.

도진은 아무렇지 않은 표정으로 개비에게 물었다.

"그래서, 저는 뭘 하면 될까요?"

개비는 애써 태연한 척 그의 말에 대답했다.

"저기 있는 양파 좀 까 줘."

"네. 알겠어요."

도진은 고개를 끄덕이며 대답하고는 순순히 발걸음을 움직여 개비의 지시를 따랐다.

개비는 도무지 도진의 속을 알 수 없었다.

'아까는 금방이라도 질문을 쏟아 낼 것 같더니, 지금은 또 왜 저렇게 얌전하게 굴지?'

이해할 수 없었다.

그런 생각이 들기 무섭게 도진의 입이 열렸다.

양파가 담긴 큼직한 사각 소쿠리 앞에 쭈그려 앉은 도진은 양파 하나를 들어 껍질을 까며 개비에게 물었다.

"여기는 정확히 어떤 곳이에요?"

의외의 질문이었다.

자신에 대한 것을 물어볼 줄 알았는데, 이곳이 어떤 곳이냐니.

개비는 쉽게 대답해 주지 않았다.

"그런 건 왜 물어보는데?"

도진의 의도를 알 수 없었기 때문이다.

개비의 날 선 반응에 도진이 씩 웃으며 대답했다.

"그야, 지금 만드는 음식을 어떤 사람들이 먹게 될지 궁금하니까 그러죠."

도진이 거기까지 궁금해할 것이라고는 생각하지도 못한 개비는 그의 말에 잠시 할 말을 잃을 수밖에 없었다.

'그냥 하는 척만 하려는 줄 알았는데, 그게 아닌가?'

그저 이것을 핑계로 자신에게 마음껏 이것저것 물을 생각일지도 모른다는 생각이 도진의 그 질문 하나에, 순식간에 사그라졌다.

그리고 조금은 도진을 향한 적개심이 줄어드는 순간이었다.

도진의 말에 멈칫했던 개비는 이내 그가 물었던 질문에 대답했다.

"여기가 어떤 곳이냐고 물었지?"

'천사의 쉼터'는 개비가 몇 년 전부터 꾸준히 다니고 있는 곳이었다.

예전에는 교회였던 건물을 자원봉사 단체에서 사들여 이런저런 봉사활동을 기획하거나, 자선모금 행사를 진행하기도 했다.

가장 큰 행사로는 지금 도진과 개비가 준비하고 있는 무료급식이 가장 큰일이었다.

"보통은 노숙자들이나, 근처에 사는 소외계층의 아이들, 밥을 제대로 챙겨 먹지 못하는 이들이 와서 식사하고 가곤 해."

"여기는 오래된 곳인가요?"

도진의 물음에 개비는 잠시 말없이 생각하다가 대답했다.

"오래됐지. 여기가 나 어릴 때부터 있었던 곳이니까, 적어도 15년은 되지 않았을까?"

"그렇게나 오래됐어요?"

도진이 깜짝 놀라며 되묻자 개비가 실없는 웃음을 흘리며 말했다.

"어쩌면 더 오래되었을 수도 있어. 나 어릴 때 어머니랑 지나다니면서도 봤던 기억이 어렴풋이 나거든."

"정말 오래된 곳이었네요."

감탄이 어린 도진의 말을 끝으로 두 사람 사이에는 잠시 정적이 흘렀다.

주방에서는 감자를 씻기 위해 틀어 놓은 물소리와 양파를 깎기 위해 부스럭거리는 소리밖에 들리지 않았다.

그 정적을 깬 것은 도진이었다.

도진은 조심스럽게 개비의 눈치를 보듯 그를 살피며 물었다.

"혹시 개비는 여기 나오게 된 지 얼마나 됐어요?"

그에게 개인적인 것을 묻는 것이 조심스럽다는 눈치였다.

개비는 이전까지 무엇이든 물어볼 기세였던 도진의 태도가 조심스러워진 것을 눈치채고는 피식 웃으며 잠시 도진을 바라보았다.

애써 자신에게 시선을 돌린 채 열심히 양파를 까는 모습이었다.

개비는 아닌 척하면서 자신의 대답을 기다리는 도진을 잠시 바라보았다.

이 정도야 얘기한다고 큰 문제가 될 일은 없었다.

어차피 스테판에게 얘기를 들었다고 했으니, 자신의 사정을 어느 정도 알고 있으리라 생각했다.

"스무 살 때부터 시작했으니까, 꽤 됐지."

순순히 대답해 주는 개비의 모습에 놀란 듯 잠시 눈을 크게 뜬 도진은 이내 자신감을 얻었는지, 한 번 더 질문을 던졌다.

"이렇게 매일 준비하는 거예요?"

"아니, 격일로."

"개비는 매번 나와서 돕는 건 아니죠?"

"맞아, 나는 일요일 밤에만 나와."

개비의 말에 도진이 궁금하다는 듯 물었다.

"왜요?"

"월요일 아침은 통계상 준비해야 하는 양이 가장 많은데 자원봉사자들도 출근해야 하는 이들이 많아서 사람이 항상 부족해."

개비는 감자를 깎는 손을 멈추지 않고 대답을 이었다.

"게다가 원래 월요일 아침에 꾸준히 나와 주던 봉사자가 팔을 다치는 바람에, 한두 달은 쉬어야 할 것 같다면서 연락이 오는 바람에 요즘은 가뜩이나 사람이 모자라."

한숨을 푹 쉰 개비가 말을 덧붙였다.

"덕분에 월요일은 더 바빠지게 돼서 몇 주 전부터 나는 일요일에 퇴근하면서 바로 여기로 오고 있어."

그렇게 말하는 와중에도 그의 손은 쉬지 않았다.

도진은 그 모습을 잠시 바라보다 물었다.

"개비는 왜 이곳에서 봉사활동을 해야겠다고 마음먹은 거예요?"

그 물음에 개비는 순간적으로 다시금 고개를 돌려 도진을 바라볼 수밖에 없었다.

스테판에게 자신의 얘기를 들은 도진이 한 질문이었다.

굳이 물어보지 않아도 그 질문이 어떤 의도를 가지고 있는지 알 수 있는 질문이었다.

"여전히 아버지를 기다리는지 묻고 싶은 거지?"

개비의 말에 도진이 멋쩍은 미소를 지었다.

"맞아요. 어떻게 보면 개비를 버린 거나 마찬가지인데, 아버지가 원망스럽다거나 그러진 않아요?"

도진의 말에 개비는 잠시 생각에 빠졌다.

개비에게는 여전히 아버지가 자신을 버리던 그날이 선명하게 남아 있었다.

어린 자신을 뉴욕의 맨해튼, 타임스퀘어의 상징이라고 할 수 있는 빨간 계단에 세워 둔 아버지는 주머니에서 꾸깃꾸깃한 5달러 지폐 몇 장과 바닐라 맛 아이스크림 하나를 자신의 손에 쥐여 주며 당부했었다.

"여기 잠깐 서 있으면 경찰 아저씨들이 데리러 올 거야. 꼭 여기 가만히 있어야 해."

어린 개비는 아버지의 그 말에 아무것도 묻지 않고 고개만 끄덕였다.

아버지는 그런 개비를 잠시 바라보고는 이내 꽉 끌어안았다가 놓아주었다.

그리고 천천히 자리에서 일어나 인파 사이로 멀어져 갔다.

개비는 어렴풋이 지금 자신이 처한 상황에 대해서 눈치를 채고 있었고, 아버지가 왜 그렇게 슬픈 눈으로 자신을 봤는지 말로 설명할 수는 없었지만 이미 모두 이해하고 있었다.

'어쩔 수 없는 상황이었지.'

지금 와서 생각해 보면 다른 방법도 있지 않았을까 싶었지만, 그 당시 아버지는 자신이 할 수 있는 최선을 한 것일 터였다.

　그게 아니었다면 당장 자신의 끼니를 걱정해야 했던 아버지가 가지고 있던 몇 푼 안 되는 돈을 모두 개비의 손에 쥐여 주지 않았을 것이다.

　개비는 여전히 가끔 그날의 꿈을 꾸곤 했다.

　11월에 접어들어 쌀쌀해지던 뉴욕 날씨에 비해 자신을 꼭 끌어안던 아버지의 품은 따뜻했다.

　부서질까 조심스럽게 자신을 꼭 끌어안으면서 몇 번이고 '미안하다.'라는 말을 반복하던 아버지는 결국 개비를 그곳에 홀로 두고 떠났지만.

　여전히 개비가 그 자리에 잘 서 있는지 확인하려는 듯, 멀어지면서도 몇 번이고 뒤를 돌아보며 확인했다.

　개비는 그런 아버지의 걱정이 가득한 눈동자가 여전히 선명하게 기억났다.

　그래서 도진의 말에 쉽게 대답할 수 있었다.

　"전혀 원망스럽지 않아. 오히려 걱정스럽지. 어디서든 잘 지내고 계셔야 할 텐데."

　개비의 눈에는 아버지를 향한 그리움이 가득 비치고 있었다.

도진은 잠시 회상에 빠진 듯한 개비를 바라보았다.

그의 얼굴에는 걱정과 근심, 그리고 그리움이 가득 담겨 있었다.

이윽고 개비는 다시금 입을 열었다.

"어쩌면 나는 아직도 아버지를 기다리고 있을지도 몰라. 여기서 노숙자들을 위한 무료 급식 봉사를 하고 있을 때는, 어쩌면 한 번쯤은 우연히 마주칠 수 있을지도 모른다는 생각이 들 때도 있어."

솔직한 심정이 담긴 개비의 말에 도진은 잠시 말을 잇지 못했다.

그가 이렇게까지 솔직한 모습을 보인 것은 처음이었기 때문이다.

언제나 자신의 감정을 숨기기 위해서인지 도진에게는 날카롭게 반응하곤 했던 개비였다.

대답 없이 조용한 도진의 반응에 그는 머쓱하게 말을 돌렸다.

"하지만 이제는 오래 지난 얘기니까, 이런 옛날 얘기들은 그냥 가볍게 생각하고 넘겨. 여기는 로잘리가 워낙 힘들다고 징징대니까 도와주러 온 거야."

개비의 손이 바쁘게 움직였다.

가라앉은 분위기를 어떻게 해야 할지 모르는 듯한 몸짓이
었다.

그 모습에 도진이 슬며시 미소를 지었다.

'아직 어리긴 어리구나.'

생각해 보면 개비의 나이는 이제 스물네 살밖에 안 되었
다.

한국으로 따지면 아직 한창 대학을 다니고 있거나, 빠르면
곧 졸업을 앞둔 시점일 터였다.

이제 막 졸업 후의 진로에 대해 고민할 나이였는데, 개비
는 일찌감치 자신이 하려는 일을 정하고 벌써 햇수로 7년째
꾸준히 주방에 출근해 왔다.

스테판이 보장한 것처럼 실력은 두말할 것 없었다.

비록 시작했던 마음이 어땠건, 개비는 자신이 맡은 일을
잘해 왔다.

도진은 개비에게 물었다.

"처음 요리사가 되고 싶다고 생각한 건 언제였어요?"

"나는 아마 열네 살? 그쯤이었던 것 같아."

"왜요?"

"맛있는, 따뜻한 음식을 같이 먹고 싶어서. 그래서 요리를
배우고 싶다고 생각했던 것 같아."

도진이 잘 이해가 되지 않는다는 표정으로 개비를 바라보
았다.

그러자 그는 잠시 머뭇거리다 이내 입을 열었다.

"그때 내가 두 번째 위탁가정에 맡겨졌을 때였거든. 이제 막 첫 위탁가정에 겨우 익숙해졌었는데 갑자기 다른 곳으로 옮겨지면서 나는 새로운 가정에 익숙해지지 않아서 문제였지."

심지어 첫 번째로 맡겨졌던 곳과는 달리, 두 번째 위탁가정에는 자신보다 어린아이까지 있었기에 더욱 적응하기 힘들었던 것 같다며 말을 이었다.

"거기는 나보다 세 살 어린 남자애가 있었는데, 양부모님은 내가 나이가 조금 더 많았으니 조금만 챙겨 주면 혼자서도 잘할 수 있으리라고 생각하셨나 봐."

하지만 개비는 생각보다 더 쉽게 마음을 열지 못했다며 말했다.

가족들이 모두 모여서 함께하는 식사 자리에서 남동생을 챙기는 양부모님의 모습을 보면 자신의 부모님이 생각나 그 자리가 불편했다고.

"그렇게 매번 속이 안 좋다거나, 배가 아프다는 핑계로 식사 자리를 피하니까 한 날은 양어머니가 나를 테이블에 앉히고는 따뜻한 치킨 누들 수프가 담긴 그릇을 내 앞에 놔주시더라고."

양어머니는 '혹시나 속이 안 좋을까 먹기 편한 걸로 준비했어.'라고 말하며 그의 손에 숟가락을 쥐여 주셨고.

그날 처음으로 가족들과 마주 보며 식사를 할 수 있었다고 말한 개비는 지금 생각해 보면 왜 그렇게 불편해했는지 이해할 수 없다며 머쓱하게 웃었다.

"그때 먹었던 치킨 누들 수프가 너무 맛있고 따뜻해서, 언젠가 내가 직접 요리를 배워서 해서 대접해 드리고 싶었던 것 같아."

"양부모님께요?"

"응, 그리고……."

개비는 할 말이 더 있는 사람처럼 굴더니 이내 '아니다.'라며 입을 닫았다.

그런 그의 얘기를 듣던 도진은 문득 의문을 느꼈다.

그가 말한 얘기만 들으면 위탁가정에서 양부모님과 개비가 서로를 알아 가는 과정이 있었고, 그로 인해 관계가 더욱 좋아질 수 있는 환경처럼 보였다.

그러나 스테판이 말하기를 개비가 몇 차례 위탁가정을 옮겨 다녔다고 했다.

그럼 도대체 개비는 무슨 이유로 두 번째 위탁가정에서도 머물 수 없게 된 것일까?

매우 조심스러운 질문이 될 수 있었지만, 도진은 도저히 그냥 넘어갈 수 없어 결국 개비에게 물었다.

"그럼, 거기서는 왜 나오게 된 거예요?"

개비는 이런 질문은 전혀 예상치도 못했다는 듯 되물었다.

"보통 이런 질문은 잘 안 하지 않아?"

"하지만, 개비가 가볍게 생각하라면서요. 제가 궁금한 건 잘 못 참는 성격이라 죄송해요."

도진이 머쓱하게 웃으며 사과를 건넸다.

"아니, 뭐, 죄송한 거까지야 없지."

그러자 개비도 따라서 미소를 지으며 말을 이었다.

"가족들이랑은 그 이후로 조금씩 나아졌는데, 학교에서는 여전히 말썽이었거든. 그래서 결국 학교에서 크게 싸우고는 사정이 바뀌게 된 거지."

다행히 가족들과는 안 좋게 이별한 것은 아니었지만, 더 이상 해당 지역에서 개비의 교육을 끝마치기에는 문제가 있다고 판단한 양부모님이 당시 개비를 담당하고 있던 사회복지사인 로잘리에게 연락하게 되었고…….

로잘리는 또다시 새로운 위탁가정을 찾아 개비를 보낼 수밖에 없었다고 한다.

개비는 그 이후에 만난 위탁가정은 나라에서 주는 지원금에 눈이 팔린 자들이었다고 한숨을 쉬었고, 도진은 그런 그를 가만히 바라보며 물었다.

"그리고 그 이후에 만나게 된 게 스테판인 거예요?"

"맞아. 노총각이었던 스테판이 나를 떠맡아 준 거지. 원래라면 안 될 일이었지만 로잘리가 손써 준 덕분에 가능한 일이었어."

개비는 로잘리의 소개로 처음 만나게 된 스테판의 첫인상을 줄줄 말하기 시작했다.

"그때 스테판은 단발까지 기른 장발의 머리를 올백으로 묶고 안경을 쓰고 있어서 완전히 샌님 그 자체였어. 그때까지만 해도 내가 아는 셰프의 이미지는 완전히 거친 남자 그 자체였는데."

스테판의 모습을 보고는 그가 요리사라는 것을 도저히 믿지 못해 로잘리에게 사기당하는 게 아닌가 싶었다며 웃음을 터트리는 개비를 보며 도진은 생각에 잠겼다.

참 흔치 않은 인연이었다.

자신을 담당하던 사회복지사인 로잘리를 통해 알게 된 스테판 덕분에 요리를 시작하고, 지금까지 그와 함께 일하고 있다니.

무려 7년이나 시간이 흘렀고, 두 사람 사이에는 여전히 도진이 헤아릴 수 없는 감정들이 존재할 것이 분명했다.

두 사람은 서로에게 좋은 친구가 되기도 했고, 좋은 스승이자 제자였을 것이며, 때로는 형과 아우, 때로는 아버지와 아들 같은 사이로 지금껏 지내 왔을 터였다.

그럼에도 불구하고 근래에 개비는 자꾸만 일을 소홀히 하며 스테판에게는 말하지 못할 비밀을 품고 있는 사람처럼 그를 피하며 겉도는 모습을 보였다고 했다.

'도대체 뭐가 문제였던 걸까.'

도진의 눈앞에서 스테판을 처음 만났던 날에 대해 말하는 개비는 마치 열일곱 살 그때로 돌아간 것만 같이 맑게 웃고 있었다.

　그 후로도 도진은 개비와 많은 얘기를 나눴다.
　개비는 자신의 얘기만 한 것이 불공평하다며 도진이 했던 것처럼 이것저것 질문을 쏟아 냈다.
　"그러면 언제부터 요리를 시작한 거야?"
　"음, 따지고 보면 열여덟 살 때부터요."
　"그런데 벌써 그런 실력이라고? 말도 안 돼."
　"왜 말이 안 돼요. 혹시 아직도 제 실력 의심하는 거예요?"
　두 사람은 밤새도록 끊임없이 대화를 주고받았고, 그러면서도 손과 발은 쉴 새 없이 움직였다.
　해가 뜰 무렵이면 다른 봉사자들이 도와주러 온다고는 했지만, 그 전까지 650인분의 재료 손질을 모두 끝마치고 다른 봉사자들이 도착했을 때 원활하게 요리를 시작할 수 있는 환경을 만들어야 했다.
　그렇지 않으면 다 함께 미처 마무리하지 못한 재료 손질에 매달려 시간을 빼앗길 수밖에 없었고, 무료 급식이 예정되어 있던 시간 안에 해야 할 일을 끝내지 못하는 불상사가 생길 지도 몰랐다.

해당 사항에 대해 충분히 인지하고 있던 개비와 도진은 대화를 나누면서도 바삐 손을 움직였고.

결국 예상했던 시간보다 더욱 빠르게 재료 손질을 모두 끝 마칠 수 있었다.

"이걸로 끝인 거죠?"

"맞아."

도진의 말에 고개를 끄덕이며 대답한 개비가 기지개를 켰다.

상당히 피곤해 보이는 모습이었지만, 그럴 만도 했다.

'르 베르나르댕'에서도 쉼 없이 일하고는 '천사의 쉼터'까지 걸어와 여기서도 일을 했으니.

피곤하지 않을 수 없는 일정이었다.

하지만 그런 것치고 도진은 아직 버틸 만한 수준이었다.

'꾸준히 해 온 운동이 이럴 때 도움이 되네.'

이런 상황을 예상하고 체력을 길러 둔 것은 아니었지만, 도진은 꾸준히 운동해 왔던 자신의 선택에 만족스러운 미소를 지었다.

쌩쌩한 듯한 도진의 모습에 개비가 물었다.

"도진, 너는 안 피곤해?"

"전 아직 괜찮아요."

"윽, 거짓말. 어떻게 아직 괜찮을 수가 있어? 벌써 세 시 반이야!"

도진의 대답에 개비가 경악하며 말했다.

긴 밤 동안 많은 대화를 나눈 두 사람 사이의 분위기는 한결 편해진 듯했다.

"그렇게 피곤하면 눈이라도 조금 붙이는 게 어때요?"

"너는 안 잘 거야?"

"아마도요. 자도 알람 맞춰 놓고 자면 되죠."

도진의 말에 개비가 고개를 끄덕이며 주방 구석 한쪽에 놓인 보조 의자를 가지고 조리대에 엎어지면서 말했다.

"다른 사람들은 여섯 시쯤 오니까, 이따 다섯 시 반에 깨워 줘."

그렇게 말하고 잠시 뒤.

고른 숨을 내쉬며 순식간에 잠이 든 개비를 뒤로하고 도진은 문 옆에 붙어 있는 식단표를 바라보았다.

간밤에 개비와 도진 덕분에 일찍 잠에 들 수 있었던 로잘리는 알람이 울리는 소리에 몸을 일으켰다.

5시 40분.

대부분 익숙한 이가 봉사를 하러 왔지만 혹여라도 오늘 처음 오는 이들에게는 안내가 필요했기 때문에, 조금은 일찍 맞춰 둔 알람이었다.

삐그덕대는 간이침대에서 몸을 일으킨 그녀는 스트레칭을 하며 곡소리를 냈다.

"아이고야, 죽겠다."

벌써 이 봉사단체에 속해 일하게 된 지 5년이었다.

그녀가 이곳에서 일하며 이따금 개비의 아버지에 대해 찾기 시작한 지 5년이 되었다는 뜻이었다.

처음 로잘리가 일하던 곳을 관두게 된 뒤, '천사의 쉼터'를 주관하는 봉사단체에서 일하게 되었을 때, 개비는 슬그머니 그녀에게 물었다.

"혹시, 우리 아버지도 찾을 수 있을까?"

정말 혹시나 하는 마음에서 물어본 개비였지만, 그의 눈에 엿보인 희망에 로잘리는 할 수 있는 한 최선을 다해 본다고 말했다.

하지만 지금껏 노숙자들을 위한 무료 급식을 꾸준히 해 왔음에도 불구하고 개비의 아버지는 도저히 찾을 수 없었다.

닮은 이는 있었지만, 아니었다.

몇 차례 그런 일이 반복되고, 개비는 더 이상 로잘리에게 아버지에 대한 것을 물어보지 않았다.

그리고 얼마 전에는 그녀에게 '이제는 괜찮다.'라며 말하기까지 했다.

그렇게 말했으면서도 여전히 자신을 돕는다는 핑계로 이곳에 오는 개비의 심정을 로잘리는 감히 헤아릴 수 없었다.

　그녀는 가볍게 세수와 양치를 하고는 옷을 단정히 하고, 불이 환히 켜진 주방으로 향했다.

　그곳에는 개비와 도진이 나란히 마주 본 채 잠들어 있었다.

　로잘리는 천천히 부드러운 손길로 두 사람을 흔들어 깨웠다.

다음 권으로 이어집니다